HISTOIRE
DES PROFESSIONS
ALIMENTAIRES
dans Paris et ses Environs

PAR

A.-J. SYLVESTRE

PREMIÈRE PARTIE
Boulangerie, Pâtisserie et Pain d'épices

PRIX : 1 FR.

PARIS

DENTU, LIBRAIRE	CHEZ L'AUTEUR
Palais-Royal	Rue Beautreillis, 1

CHEZ ALAUX, RUE DE GRENELLE-St-GERMAIN, 4

1853

HISTOIRE

DES

PROFESSIONS ALIMENTAIRES

PARIS. — IMPRIMERIE DE J.-B. GROS,

RUE DES NOYERS, 74.

HISTOIRE

DES

PROFESSIONS

ALIMENTAIRES

dans Paris et ses Environs

PAR

A. J. SILVESTRE

PARIS

CHEZ DENTU, LIBRAIRE,

PALAIS-ROYAL ,

CHEZ L'AUTEUR, RUE BEAUTREILLIS, 1

ET CHEZ **ALAUX**, RUE DE GRENELLE SAINT-GERMAIN, 4

—

1853

AVANT-PROPOS.

Notre dessein n'est pas de retracer dans les lignes qui suivent les prescriptions de la cuisine et toutes les combinaisons plus ou moins savantes de l'art culinaire ; les gastronomes en apprendront plus sur ce sujet dans les mémoires de MM. Avèce et Carême que dans notre travail. Nos recherches sont plus scientifiques, et nous n'avons en vue que l'histoire des usages français en ce qui concerne les vivres. On convient généralement, avec le malin Montaigne, que la *science de gueule* n'est pas une étude à dédaigner, puisque les *raffinés* d'Athènes et de Rome, de Venise, de Londres ou de Paris composèrent à ce sujet, et écrivent encore là-dessus, mille aphorismes culinaires. Cette *science de gueule*, sur laquelle le laquais de monseigneur de Caraffa dissertait si éloquemment devant

Montaigne, se divise naturellement en deux parties : *avant le dîner* et *après le dîner;* ou, en d'autres termes, *avant le dîner;* ce qui constitue la science technique, et ***après le dîner,*** ce qui résume l'historique des vivres et des professions alimentaires.

Comme nous espérons que notre lecteur sera assez heureux pour être arrivé au moment de la seconde partie, nous le prions de lire les pages que nous mettons sous ses yeux. Elles sont l'extrait, ou, pour mieux dire, le résumé précis d'un travail inédit que l'auteur a fait, il y a quelques années, sur l'histoire particulière des *mœurs,* des *usages* et des *coutumes des Français.*

APERÇU PRÉLIMINAIRE

SUR L'ANCIEN COMMERCE DES VIVRES,
PAR TERRE ET PAR EAU,
POUR LES PROVISIONS DE LA VILLE DE PARIS.

Avant le règne de Louis-le-Jeune, la ville de Paris était si petite, que son territoire et les campagnes fertiles de la France, de la Brie, de la Beauce et du Vexin, dont elle était environnée, fournissaient abondamment par terre à ses habitants tout le court nécessaire à leur subsistance et à leur commodité. Les provinces un peu plus éloignées lui étaient comme étrangères; il y avait alors si peu de commerce et d'union de chaque pays avec ses voisins, qu'au temps du roi Robert, un abbé de Cluny, invité par Bouchard, comte de Paris, de venir mettre des religieux à Saint-Maur-des-Fossez, s'excusa de faire un si long voyage dans un pays étranger et inconnu. La Normandie, d'ailleurs, et quelques

autres provinces étaient occupées par les ennemis de l'État : ainsi les Parisiens, renfermés
chez eux, pour ainsi dire, et pourvus de la plupart des choses nécessaires à la vie, se pas-
saient de navigation et de commerce de long
cours.

Le sel, les salines et les épiceries furent les
seules choses dont la nécessité se fit d'abord
sentir et excita quelques-uns des plus riches
habitants, l'an 1170, à s'associer pour le commerce par eau. Leur premier soin fut appliqué
à établir à Paris un port d'arrivée et de décharge de leurs marchandises. Ils achetèrent, à
cet effet et à titre d'échange, de l'abbesse de
Frontevaux, supérieure de Hautes-Brières, une
place sur le bord de la rivière, au-dessous de la
ville ; ils donnèrent, en contre-échange, un
droit à prendre sur les bateaux qui arriveraient
à ce port ; savoir : une livre de sel de chaque
bateau de sel ; un cent de harengs de chaque
bateau chargé de salines. Ils fondèrent, en
même temps, une confrérie en l'église de ce
couvent de Hautes-Brières, pour attirer la béné-

diction du ciel sur leur commerce. Cette place acquise avait autrefois appartenu à Jean Pépin, bourgeois de Paris. Odeline, sa veuve, et leur fille unique, héritière de son père, l'avaient donnée au couvent de Hautes-Brières, en y fondant un service pour le repos de leurs âmes. De là, ce port prit le nom de Port-Pépin, changé plus tard en celui d'Abreuvoir, qu'il a conservé longtemps. Il y avait eu, sous le règne de ce prince, l'an 1168, une autre confrérie fondée à Paris en mémoire des 72 disciples de Notre-Seigneur. Le roi, la reine, l'évêque de Paris et les personnes les plus qualifiées de la ville composèrent d'abord ce nombre. Il fut ensuite augmenté jusqu'à cent. Ces deux confréries prirent chacune un nom particulier pour se distinguer l'une de l'autre. Celle-ci, comme la plus considérable, soit par la qualité des confrères, soit par leur nombre, fut appelée grande confrérie aux seigneurs et dames, bourgeois et bourgeoises de Paris, et ce titre lui est demeuré ; l'autre fut simplement nommée, du titre de ceux qui la composaient, confrérie des marchands de l'eau, nom qu'elle a porté pendant près de deux siècles.

Louis le Jeune confirma, dès la même année 1170, par ses lettres-patentes, le contrat d'acquisition, et approuva cet établissement d'une compagnie de commerce par les rivières, et d'un port à Paris. Les agrandissements de la ville sous Philippe-Auguste, et le grand nombre de provinces qu'il réunit à la couronne, rendirent encore le commerce par eau plus nécessaire et beaucoup plus considérable ; il ne fut plus borné à la seule compagnie ou confrérie des marchands de Paris : les étrangers commencèrent d'y prendre part et d'amener leurs marchandises aux ports de cette ville, dont le nombre augmenta aussi à proportion. La mémoire des guerres fréquentes que l'on avait eu à soutenir contre les Normands, fit prendre alors des précautions contre les surprises qui étaient toujours à craindre du côté de cette province.

Philippe-Auguste, en 1181, première année de son règne, fit défense à toutes personnes, « Français ou étrangers, de faire monter aucun

« bateau, depuis le pont de Mantes, sans être
« aggrégé, pour ainsi dire, à cette compagnie
« des marchands de Paris. » Les lettres qui en
étaient expédiées furent nommées *hause*, du mot
allemand *hausen*, confédération ou société, ou,
selon d'autres, de ces deux : *aau-zée*, qui signi-
fient auprès de la mer, parce que ces associa-
tions pour le commerce avaient commencé en
Allemagne, entre des villes qui étaient toutes
maritimes. Les étrangers qui remontaient la rivière, après avoir obtenu ces lettres de hause,
étaient encore obligés de se faire accompagner
d'un Français pendant tout leur séjour à Paris,
et jusques à la fin du débit de leurs marchandises. Le Français leur était aussi donné par
cette compagnie des marchands de Paris, avec
une autre lettre qui le commettait pour veiller
sur la conduite du marchand étranger. Pour
l'une et pour l'autre de ces lettres de hause et de
compagnie française, il se payait par ceux qui
les obtenaient un certain droit ; ce droit, les
amendes et les confiscations qui étaient pronon-
cées contre ceux qui n'avaient pas pris ces pré-

cautions, appartenaient au roi ; mais le même prince qui les avait établis, en donna la moitié à cette compagnie de marchands de Paris sur la rivière, pour exciter leur vigilance.

La Normandie ayant été réunie à la couronne par Philippe-Auguste, en 1204, les marchands de cette province, devenus Français, prétendirent que leur commerce avec la ville de Paris devait être libre. Cette question fut portée devant le roi, et jugée contre eux au parlement de la Pentecôte, l'an 1258.

Les prétentions que les Anglais avaient toujours sur cette province, et les intelligences qu'ils y entretenaient donnèrent lieu à cet arrêt.

Un marchand espagnol avait fait venir par la rivière de Seine un bateau chargé de figues et d'épiceries ; il avait passé le pont de Mantes et était monté jusqu'à Saint-Cloud, sans hause ni compagnie française ; les bourgeois de Paris, *cives Parisienses,* c'est-à-dire ceux qui étaient à la tête de ce commerce par eau, en portèrent leurs plaintes au prévôt de Paris. Ce magistrat leur accorda son ordonnance, en vertu de laquelle le bateau et la marchandise furent saisis par un sergent du Châtelet. L'évêque de Paris, seigneur de Saint-Cloud, revendiqua la cause, parce que la saisie avait été faite dans l'étendue de sa juridiction. L'affaire fut portée devant le roi tenant son parlement, et jugée en faveur du prévôt de Paris, par deux arrêts, l'un de la Chandeleur 1263, l'autre de la Chandeleur 1268, sur ce fondement que la juridiction de la rivière lui appartenait.

Un marchand de Compiègne fit charger de bois deux bateaux sur la rivière d'Oise, et les amena, par cette rivière et par la Seine, au port de Paris. Les prévôts des marchands de l'eau les firent saisir, faute d'avoir pris compagnie d'un marchand de Paris. Le marchand de Compiègne se défendit et dit que cela n'avait jamais été pratiqué à leur égard ; qu'en tout cas, il y avait satisfait, et qu'il avait pour associé un marchand de Paris. L'affaire fut portée au parlement ; il se trouva que la société n'était que pour un bateau ; le marchand eut mainlevée de celui-là, et l'autre fut confisqué, moitié au roi, moitié aux bourgeois de Paris. Arrêt de la Chandeleur 1268.

Ce commerce, tant par terre que par eau, pour les vivres et autres provisions de Paris, se perfectionna toujours de plus en plus, à proportion des accroissements de la ville. Les marchands forains furent attirés par tous les agréments et par toutes les facilités que l'on put leur donner. On leur destina des ports et des places publiques, et l'on en multiplia le nombre autant qu'il fut nécessaire. Il n'y eut presque aucune espèce de marchandise qui n'eût sa halle, son marché, sa place ou son port en particulier. Mais, en favorisant ainsi les marchands, on leur imposa aussi, en même temps, l'ordre et la discipline qu'ils devaient observer dans leur commerce ; l'on se précautionna contre les monopoles, les usures, les retards de voitures, les magasins à contre-temps, et tous les autres artifices que l'envie désordonnée du gain eût pu inventer pour diminuer l'abondance et augmenter le prix des vivres. Il y eut des règlements pour chaque denrée en particulier, et d'autres pour toutes en général. Telles furent l'ordonnance

de Guillaume Thibaut, prévôt de Paris en 1299;
les lettres-patentes de Philippe le Bel, du mercredi après les octaves de Pâques 1305, adressées au prévôt de Paris; plusieurs autres lettres
sur chacune des matières de police en particulier, et, entre autres, sur celles des grains, du
pain, du vin, de la viande, du poisson, du
beurre, des œufs, des fruits, du bois, du foin et
de toutes autres denrées et provisions; les-
quelles conservaient cette juridiction au seul
prévôt de Paris; et plusieurs ordonnances de ce
magistrat furent confirmées par les arrêts du
parlement. Cette juridiction lui fut encore main-
tenue contre les prétentions du grand pannetier, du grand chambrier et du bailly de Paris,
par lettres-patentes du roi Charles V, du 25 septembre 1372.

La police des vivres, leur inspection et leur
salubrité furent aussi réglées par des ordonnances du prévôt de Paris, par des arrêts du
parlement. On trouve successivement les ordonnances des 20 avril 1393 et 3 mai 1396;
l'arrêt du 20 juillet 1546, où l'on établit, pour

la ville de Paris, ce privilége, que les vivres qui lui sont destinés ne peuvent être saisis pour quelque cause que ce soit ; et que, sur ces saisies et tous autres empêchements qui troubleraient ce commerce, elle n'a point d'autre juge que son magistrat ordinaire.

Un marchand de bétail amenant sa marchandise à Paris, un commis à la recette des fermes du roi, qui prétendait n'avoir pas été payé suffisamment de ses droits, fit saisir la marchandise et les chevaux qui la portaient. Le marchand fit assigner le commis par-devant le prévôt de Paris, pour avoir mainlevée ; le commis demanda son renvoi par-devant ses juges ; il en fut débouté par sentence du Châtelet. Le commis s'en porta appelant, et, par arrêt du 5 juillet 1551, la sentence fut confirmée.

Le roi Charles IX, dans un règlement de police générale du 4 février 1567, fixe définitivement la police des vivres en la ville de Paris et en toutes autres villes du royaume, qui devront la prendre pour modèle.

Une ordonnance du lieutenant civil, rendue

au Châtelet le 28 septembre 1590, défend à toutes personnes de vendre ni acheter grain, vin, ni autres marchandises, aux dimanches et fêtes solennelles de l'année ;

A ceux qui amèneront des vivres pour les vendre, de les descendre ailleurs qu'aux halles et places publiques à ce destinées ; et à toutes personnes d'acheter ailleurs qu'à ces halles et marchés, sous peine de confiscation et d'amende, dont le tiers sera appliqué au paiement du salaire des sergents employés à l'exécution de ces ordonnances ;

A ceux qui seraient « assez mal avisés ou in-« discrets que d'offrir plus grand prix que le « marchand n'a premièrement demandé ; dé-« fenses sont faites à toutes personnes de com-« mettre cette faute, sous peine de confiscation « de la marchandise qu'ils auront achetée, et de « punition corporelle, s'il se trouve qu'il y a « dol ou monopole.

« Défenses à tous d'aller au-devant des vivres « qui seront sur le chemin pour être amenez en « cette ville, par terre ou par eau, sur peine de

« confiscation et d'amende arbitraire, appli-
« cable comme dessus, et de punition corpo-
« relle, s'il y écheoit.....

« Pour exécution des ordonnances de police,
« seront députés par chacun jour, en chacune
« des trois places de Paris, Halles, Grève et
« place Maubert, un commissaire et l'un des
« bourgeois intendants de la police, qui seront
« accompagnés de quatre sergents et trois ar-
« chers de la ville, selon le département qui en
« sera fait, etc., etc. »

Cet établissement de bourgeois intendants de
police n'eut cependant pas lieu à Paris, où il
était difficile de trouver gens assez désintéressés
pour quitter leurs propres affaires et se charger
de fonctions gratuites. Tout le poids en demeura
donc aux seuls commissaires, dont on augmenta
le nombre de huit, vu les accroissements de Paris, et pour lesquels on fit les règlements sui-
vants :

6 octobre 1632, ordonnance de police qui défend les régrats et magasins de vivres, etc.

10 décembre 1660, arrêt qui défend d'arrêter les bateaux chargés pour Paris, etc.

23 décembre 1660, arrêt du parlement relatif à l'arrivage des vivres.

21 avril 1667, arrêt du conseil qui étend à tout le royaume l'exécution des ordonnances du lieutenant de police de Paris, relatives aux provisions et subsistances.

Édit du mois de décembre 1672, enregistré au parlement le 20 février 1673, imprimé en 1676, qui, entre autres dispositions, « défend (art. 9, « section 1re) à toutes personnes de jeter dans « le bassin de la rivière de Seine, le long des « bords d'icelle, quais et ports de ladite ville, « aucunes immondices, gravois, paille et fu- « miers ; à peine de punition corporelle contre « les serviteurs, et d'amende arbitraire, au paye- « ment de laquelle pourront être les maistres « contraints, etc.

« Art. 10. Enjoint aux marchands et voitu- « riers de faire incessamment enlever de la ri- « vière les bateaux estant en fond d'eau, et de « faire oster de la rivière et de dessus les ports

« et quais les débris desdits bateaux, à peine
« d'amende et de confiscation, etc. »

IIe section de la conduite des marchandises
par eau, article 1er : « Pourront, les voituriers,
« aller par les rivières et conduire les bateaux
« chargés de marchandises pour la provision
« de Paris, aux jours fériez et non fériez, à l'ex-
« ception seulement des quatre fêtes solennelles
« de Noël, Pâques, Pentecôte et Toussaint;
« défenses à tous seigneurs, hauts-justiciers,
« ecclésiastiques ou laïques, et à leurs officiers,
« d'empêcher le passage desdits bateaux ès
« autres jours, ny d'exiger des marchands ou
« voituriers aucunes sommes de deniers, sous
« quelque prétexte que ce soit; à peine de con-
« cussion, et demeurer responsables des dom-
« mages et intérêts causés par les retards. »

HISTOIRE

DES

PROFESSIONS ALIMENTAIRES.

PREMIÈRE PARTIE

Boulangerie et Pâtisserie, Pain d'Epices.

BOULANGERIE.

I.

HALLES ET MARCHÉS AUX GRAINS DE LA VILLE DE PARIS.

Tant que la ville de Paris fut renfermée dans les bornes étroites de cette partie que l'on nomme la Cité, tous les grains nécessaires à ses provisions lui étaient amenés par terre des provinces voisines ; il n'y avait alors qu'une seule halle ou marché au blé, rue de la Juiverie, vis-à-vis le lieu où fut depuis l'église de la Madeleine ; il s'étendait jusqu'à la rue aux Fèves, qui en a retenu le nom, parce que c'était le lieu de cette halle où l'on vendait les légumes et les autres menus grains.

Les accroissements de Paris du côté du nord engagèrent Louis le Gros d'y établir un autre marché sur la terre de Champeaux, qui lui appartenait, entre Paris et les petits bourgs qui s'étaient formés, par succession de temps, de ce même côté. Ce nouveau marché était au milieu de la campagne et ouvert de tous côtés. Philippe-Auguste y fit bâtir deux grandes halles couvertes, les fit clore de murs et fermer avec des portes, l'an 1183. Après cet établissement, il n'y eut plus que le blé de la Beauce qui fut apporté à l'ancienne halle, d'où elle prit le nom de halle de Beauce ou de la Juiverie, à cause de sa situation. Ces nouvelles halles se trouvent nommées, dans les anciens titres, les Grandes Halles, ou les Halles de Champeaux, et tous les grains qui venaient de la France, de la Picardie, du Vexin et des autres provinces, excepté la

Beauce et le Hurepoix, y étaient déchargés et exposés ensuite.

Le commerce des grains amenés par eau n'a commencé à Paris que depuis le règne de ce même prince Philippe-Auguste, et fut d'abord peu considérable. Les anciens statuts qui furent donnés aux jurés-mesureurs par saint Louis, et qui font mention pour la première fois de ce commerce des grains par eau, n'en disent qu'un seul mot, au lieu que celui par terre y est amplement expliqué. Il augmenta dans la suite en proportion des accroissements de la ville de Paris, mais il y avait encore tant de différence de l'un de ces commerces à l'autre, sous le règne du roi Jean et sous celui de Charles VI, que, par leurs lettres-patentes du 30 janvier 1350 et du mois de février 1415, ils ordonnèrent « que des cinquante-quatre mesu- « reurs de grains, il y en aurait trente-six pour « les halles, et seulement dix-huit pour la ri- « vière. »

Il n'y avait alors que le port de la Grève pour la vente des grains arrivés par eau; il ne paraît pas qu'il y en vînt du tout en remontant la rivière, soit parce que la difficulté est plus grande

et augmente les frais, soit parce que les provinces de ce côté sont moins fertiles en blés, soit
enfin par l'obligation où étaient les marchands
de se faire hauser et de prendre compagnie
française, ce qui gênait la liberté du commerce.
Quoi qu'il en soit, il n'est fait mention du Port
au blé de l'école Saint-Germain pour la première fois, que par les lettres patentes de
Louis XII, du mois de septembre 1504 pour les
porteurs de grains, et c'était alors un établissement encore fort nouveau.

A près que Philippe-Auguste eut fait construire
et clore les Grandes Halles de Champeaux, le
commerce diminua beaucoup dans celle de
Beauce ou de la Juiverie. Ce prince fit don de
cette halle, en 1216, à Réné d'Arovarius, son
échanson, et ne s'y réserva que douze deniers
de cens. Philippe Convers, chanoine de Notre-
Dame, l'acheta des héritiers d'Arovarius, l'an
1316. On paya à Philippe le Long, pour le droit
d'amortissement, *cinq cent livres tournois*. Elle
fut fermée dix-huit ou vingt ans, pendant les
troubles qui agitèrent la France sous le règne
de Charles VI. Elle fut rouverte en 1416, et l'on
y rétablit le commerce. Il y fut apporté une si

grande abondance de blé, que celui qui coûtait *quarante-huit ou cinquante sols* le septier les années précédentes, fut donné à *vingt sols.* Cette place appartenait alors au chapitre Notre-Dame ; peut-être Convers l'avait-il donné à l'Église de Paris pour quelque fondation. Le commerce par eau s'étant multiplié par l'établissement du nouveau port de l'École, au commencement du seizième siècle, et les Grandes Halles attirant tout celui qui se faisait par terre, la halle de Beauce ou de la Juiverie fut de nouveau fermée, et, depuis ce temps, le chapitre de Paris, toujours propriétaire de cette place, la fit couvrir de maisons ; ainsi tout le commerce des grains fut transporté dans la halle que l'on nommait autrefois Champeaux, ou sur les ports de la Grève et de l'École de Saint-Germain l'Auxerrois.

Tous les grains chargés pour Paris devant y être amenés nécessairement, il fut défendu de les arrêter, descendre ou vendre sur leurs routes, soit par terre, soit par eau, et, pour favoriser ce commerce, ils furent déchargés de tous péages et de tous impôts extraordinaires ; on établit aussi divers règlements pour le bon ordre et

l'exacte discipline à observer dans leur distribu-
tion, avec une sage économie lorsqu'ils y étaient
arrivés.

1° Des heures furent réglées pour l'ouverture
des marchés, avec injonction aux marchands de
vendre en personne ou par gens de leur famille;
de ne pas augmenter le prix qu'ils auront mis à
leur blé; auxquels cas il pouvait être mis au ra-
bais, et défense de le serrer sans permission.

Édit du roi Jean, du 30 janvier 1350; ordonnance de Charles VI, de février 1415; arrêt du
Parlement, du 18 septembre 1590; ordonnance
de police du Châtelet de Paris, du 30 mars 1635;
ordonnance de Louis XIV, à Versailles, de décembre 1672.

Cette ordonnance est la première qui fasse
mention de commissionnaires de marchands de
grains; toutes les précédentes et tous les règlements leur ordonnaient de vendre en personne
ou par gens de leur famille; l'expérience a depuis fait connaître combien l'exacte observation
de cette ancienne discipline était avantageuse
au commerce des grains, et le danger d'y porter
atteinte. Cela parut dès 1694, et la suppression
des commissionnaires à l'égard des blés et au-

es grains fut un des plus puissants remèdes
ont on fut redevable alors aux bontés du roi et
ui firent cesser la disette de cette époque.

2° Des heures auxquelles il fut permis aux
oulangers, pâtissiers, brasseurs et grainiers,
entrer aux marchés, et quelle quantité de grains
leur fut permis d'y acheter.

Ordonnance de Charles VI, Paris, février
415; ordonnance de Charles VII, Paris, 19
eptembre 1439; ordonnance du prévôt de Pa-
s, 27 mai 1473; ordonnance de police du Châ-
let de Paris, 23 novembre 1546; autre de
harles IX, Paris, 4 février 1567, et de Hen-
III, Paris, 21 novembre 1577; ordonnance
police du Châtelet, du 8 janvier 1622; autre
30 mars 1635; ordonnance de Louis XIV,
aris, décembre 1672.

3° Les marchands ne devaient exposer en
nte, dans les marchés, que des grains et fa-
nes de bonne qualité.

Ordonnance du roi Jean, Paris, 3 février 1350;
Charles VI, Paris, février 1415; arrêt du
rlement de Paris, du 2 mai 1542; ordonnance
Louis XIV, de décembre 1672.

Par sentence de police du Châtelet de Paris,

du 21 août 1699, un boulanger de Paris qui avait employé de la farine défectueuse fut condamné *en* 500 *livres* d'amende, son four abattu, et interdit de sa profession pour six mois. Une autre sentence du même tribunal, du 2 décembre 1702, condamne deux *blatiers* chacun *en* 50 *livres* d'amende, pour avoir exposé en vente du blé coupé et fardé.

4° Défense des regrats, monopoles et tous autres abus dans le commerce des grains.

Ordonnance de Philippe le Bel, à Paris, le mercredi de Pâques 1305; autre de Charles VI, février 1415; autre de Charles VII, 19 septembre 1439; autre de François Ier, à Beines, 20 juin 1539; ordonnance de police du Châtelet de Paris, du 23 novembre 1546; autre, *idem*, du 12 novembre 1671; arrêt du Parlement, 23 juillet 1689.

5° Ce qui doit être observé lorsque des bateaux chargés de blé arrivent à Paris pour y passer debout à d'autres lieux au-dessous de cette ville.

Ordonnance du prévôt de Paris, 27 mai 1673.

6° Protection accordée aux marchands forains

qui amènent des grains à Paris, pour leur faciliter le débit et le paiement de leurs marchandises.

Ordonnance de Guillaume Thibouet, prévôt de Paris, l'an 1299; sentence de police du Châtelet, du 16 janvier 1626 ; arrêt du conseil d'État, 18 décembre 1662 ; ordonnance de police du Châtelet, 11 février, 1698, affichée le 12 du même mois ; arrêt du conseil d'État, 30 décembre 1698, publié et affiché le 7 janvier 1699.

11.

BLATIERS, MESUREURS, PORTEURS DE GRAINS.

Les marchands des îles étaient autrefois appelés *Bladiers* ou par corruption *Blatiers*, nom dérivé du vieux mot latin *bladus* (fruit ou semence) et dont nous avons fait *blé*. Il y avait à Paris, dès le temps de saint-Louis, une communauté de blatiers, à laquelle ce prince donna des statuts et des règlements de discipline. Plus tard cette ancienne communauté fut réduite à ne vendre des grains qu'à petite mesure : ses membres furent alors nommés dans les règlements, *revendeurs* de grains, *regratiers* ou grainiers, et ceux qui continuèrent le commerce en grand, prirent le nom de marchands de grains. Le nom de Blatiers demeura dépendant à certains petits marchands forains qui allaient avec des chevaux ou des ânes chercher le blé dans les campagnes éloignées des grandes villes et des rivières ; ils l'amenaient à somme dans les marchés, de proche en proche, jusqu'à ce

u'il fut arrivé aux lieux où s'en faisait une plus
rande consommation, ou bien proche des ri-
ières où ils le vendaient aux marchands qui
pprovisionnaient les grandes villes.

C'était ainsi que les blés arrivaient des lieux
s plus éloignés sur les ports de la Seine et de
l Marne, où ils étaient chargés pour Paris
mme aussi aux marchés de Gonesse et Mont-
éry, ou à la halle de Paris. Ces blés étaient
ujours vendus à un prix plus bas que celui
es laboureurs, parce que venant de lieux plus
oignés les blatiers l'avaient eu à bon marché.

Une sentence de police du 22 décembre 1672
une autre du 22 mars 1702 publiée le 13 jan-
er suivant, leur défend de falsifier le blé, de le
ire renfler, de le rendre frais et de lui donner
la couleur *et de la main*, ce qu'on appelait
atrer, et prescrit des châtiments contre les
ntrevenants.

Un édit du roi Louis XIV, à Fontainebleau,
l mois de septembre 1704, crée en titre d'office
service des cribleurs, fixe leur nombre et
gle leurs droits.

Le mesurage des blés fut aussi l'objet de la
llicitude de nos rois : sous ceux des premières

races, toutes les mesures étaient égales en France, et l'un des principaux soins dont leurs ordonnances chargeaient les magistrats, était d'entretenir cette uniformité dans toutes les provinces et de l'égaler sur l'étalon ou prototype qui était gardé dans le palais des rois à Paris. (Ordonnances de Charlemagne l'an 789, *id.* 800, et de Charles le Chauve, 864.)

On voit encore par ces ordonnances que l'égalité des mesures commençait dès lors à s'altérer par les inféodations de quelques-unes des provinces du royaume à titre de seigneurie particulière. D'autres ordonnances de Philippe le Bel, Philippe le Long, Louis XI, François Ier et Henri II prescrivirent aussi la réduction des mesures sur les étalons de Paris,

On se servait alors à Paris, pour mesurer les grains, du boisseau qui est le *seath* des Hébreux, le *modios* des Grecs et le *modius* des Latins, du minot, du sestier et du muid. Les parties diminutives du boisseau ne servaient à mesurer que les mêmes grains et les légumes secs. Le boisseau et le minot étaient les seules mesures qui servissent à mesurer ; les anciens les appelaient *mensuræ mensurales*. Le sestier et le muid

l'étaient mesures que pour compter ; on les ap-
lelait *mensuræ numerales*. Le minot contenait
rois boisseaux, le sestier quatre minots ou douze
loisseaux, et le muid douze sestiers. Le père
Merseune prétend que le boisseau, mesure com-
le, contenait 220,160 grains de blé ; mesuré
as, 172,000 ; le minot, le sestier et le muid à
roportion.

Chez les anciens, avant le christianisme,
l'étalon ou prototype des mesures était un meuble
acré, et comme tel conservé religieusement. Les
Hébreux le déposaient dans l'intérieur du temple ;
es Athéniens le confiaient à une compagnie de
quinze officiers spéciaux ; les Romains le fai-
aient garder dans le temple de Jupiter, au
Capitole.

A l'exemple des anciens, les princes, depuis
l'établissement du christianisme, ont maintenu
cette discipline avec la même exactitude.
Théodose ordonna que, dans tout l'Empire, les
étalons des poids et des mesures fussent gardés
par les gouverneurs ou premiers magistrats des
provinces ; Libacérius chargea le préfet du pré-
oire de l'étalon des enchères ; et le controleur général des finances, *comes sacrarum largitionum*,

celui des poids. Justinien établit enfin l'usage de conserver le dépôt dans les lieux saints, et regarder, comme un acte de religion, le soin de le conserver. Il les fit garder dans la principale église de chaque ville ; et envoya même de Constantinople, où était alors le siége de l'Empire, à Rome, de ces étalons, les adressant au sénat comme un dépôt digne de ses soins.

Nos rois tirèrent, à la vérité, des églises ces étalons des poids et mesures, pour éloigner des lieux saints tout ce qu'il y avait de profane dans leur emploi ; mais ce ne fut que pour les placer dans leurs palais. Charles le Chauve, dans son ordonnance de 866 rappelant l'ancien usage, prescrit à toutes les villes de conformer leurs poids et mesures aux étalons royaux de son palais, et enjoint aux comtes et autres magistrats d'y tenir la main.

Il y a grande apparence que cela se pratiquait à Paris sous le règne de Philippe-Auguste. Le traité fait par ce prince avec l'évêque, en 1222, fait mention des mesures de vin et de blé, comme d'un droit royal qu'il se réserve et dont le prévôt de cette capitale avait la garde. Le roi en cède seulement à l'évêque les droits utiles qui se levaient dans les marchés pour en jouir de trois semaines l'une, et il ordonne au prévot de Paris de faire livrer les mesures aux officiers de ce prélat dans sa semaine.

Une confrérie de marchands s'était établie à Paris, sous le règne de Louis le Jeune, pour le commerce par eau ; plusieurs des notables bourgeois se trouvèrent dans la suite à la tête de cette nouvelle compagnie, et méritèrent par leur probité l'estime et la confiance du prince, qui leur confia quelque temps après la garde des étalons. On trouve la preuve de ce changement dans les anciens statuts donnés par saint Louis aux jurés mesureurs de blé. On peut aussi voir à ce sujet l'ordonnance de Charles VI, de février 1415 ; le procès-verbal du 15 février 1458 ; l'édit de Louis XIV, de Saint-Germain-en-Laye, octobre 1669, portant un nouveau règlement pour les mesures à blé, enregistré au parlement le 29 avril 1670 ; l'arrêt du 22 décembre suivant portant règlement pour l'usage des étalons des mesures ; la sentence des prévôts des marchands et échevins pour l'exécution de cet édit, etc., etc.

Les mesureurs furent aussi régis par des rè-

glement spéciaux, faits particulièrement pour
ceux de Paris et auxquels étaient soumis ceux
des autres villes du royaume. Tels furent les
édits de Charles IX, du 4 février 1567, à Paris ;
de Henri II, Paris, 21 novembre 1577 ; de
Louis XIV, Versailles, janvier 1697.

Il y a toujours eu des mesureurs dans les
marchés aux grains de la ville de Paris pour y
servir le public, et tenir la main à l'exécution
des règlements. Il y en avait dès le temps où la
ville enfermée entre les bras de la Seine, n'avait
pour ce commerce qu'une seule halle, nommée
la halle de Beauce ou de la Juiverie. Les bourgs,
bâtis ensuite aux environs de l'île, se trouvant
trop éloignés du centre de la ville, Louis le
Gros créa un autre marché à découvert au milieu de la campagne, proche et entre les plus
gros de ces bourgs ; on le nomma marché de
Champeaux ou des Petits-Champs, *à Campellis*,
nom du territoire où il fut établi. Philippe-Auguste y fit bâtir des halles et les fit clore dans le
même temps qu'il renferma dans la ville la plus
grande partie de ces bourgs. Plusieurs terres
du temporel de l'évêché de Paris se trouvèrent comprises dans cette nouvelle enceinte

et firent naître des contestations entre les officiers du roi et l'évêque ; elles furent terminées
par des lettres-patentes, données à Melun l'an
1222, transaction qui, selon l'usage du temps,
fut nommée *Charta pacis*. Le roi y abandonne à
l'évêque plusieurs droits, tant utiles et doma-
niaux que de juridiction, et lui attribue plusieurs priviléges, se réservant néanmoins les
mesures, et vo ul seulement que les officiers
de l'évêque s'en servissent et en reçussent les
émoluments de trois semaines l'une ; cette clause
est ainsi conçue ; « En iceux lieux devant dits,
« avons nous la justice sur les marchands des
« choses qui appartiennent à la marchandise,
« les crieurs et les mesureurs de vins : Avons
« nous aussi, en ces mêmes lieux, les mesures
« de blé ; et icelles mesures de blé fera nostre
« prévost bailler, et des cousts et dépens, met-
« tra ly évêque la tierce partie ; et ly sergent de
« l'évêque aura celles mesures sans contredit
« en sa semaine. »

Le commerce par eau qui avait commencé
à Paris sous Louis le Jeune s'étant accru à proportion de l'extension de la ville et les blés arri-
vant aussi au port de la Grève, les mesureurs

2

de grains y firent le service de même qu'à l'une et l'autre des halles ; ils ne firent aussi, tous ensemble, qu'une seule communauté, dont les premiers statuts furent établis par une ordonnance de saint Louis, rendue à Paris en 1258.

Depuis saint Louis jusqu'au roi Jean, il n'y eut point d'ordonnance générale pour la police de Paris, mais dès la première année de son règne, ce prince fit le règlement le plus ample que l'on ait eu sur cette matière : il partagea les jurés mesureurs en trois bandes, et les distribua aux trois différents marchés, la halle de la Juiverie, celle de Champeaux et la Grève. Cette ordonnance du roi Jean, du 30 janvier 1350, et contenant 14 articles, fut inscrite au livre noir du Châtelet de Paris, folio 87.

Cette première ordonnance sur les jurés mesureurs fut suivie de plusieurs autres, tant royales que de police, édits, lettres-patentes et arrêts du parlement, comme on le verra par la liste qui suit : Ordonnance de Charles VI, Paris, février 1415 ; ordonnance du prévôt de Paris, 2 juillet 1438 ; ordonnance du Châtelet de Paris, 12 décembre 1471 ; *idem*, 23 novembre 1546 ; celles de Charles IX, du 6 février 1567, et de

Henri III, du 21 novembre 1577; l'édit de
Louis XIII, à Saint-Germain-en-Laye, février
1633 ; l'ordonnance de police du Châtelet, du
30 mars 1635, et celle du 6 mai 1667; les lettres-
patentes de décembre 1672; l'arrêt du conseil
d'Etat, du 16 avril 1674; les lettres-patentes de
mai 1674, enregistrées au parlement le 21 février 1675 ; la déclaration du roi Louis XIV, de
Versailles, 20 juin 1690, enregistrée le 5 juillet
même année ; enfin celle du même prince, Versailles, 1er septembre 1699, enregistrée le 23 du
même mois. Ces règlements et quelques autres
fixèrent aussi les droits à percevoir sur le mesurage des grains, droits variables selon les villes
et les provinces où ils étaient perçus et qui
exerçaient une influence sur le prix des grains
apportés aux marchés de Paris.

La décharge et le transport des grains du
bateau ou des voitures sur les ports ou marchés
ou dans les greniers publics, a de tout temps
exigé beaucoup de précautions et été confiés à
des gens forts et robustes, d'une probité recon-
nue et choisis exprès pour ce service laborieux.
Chez les Grecs, ils étaient appelés Σαχχοφέροι;
les Romains les nommaient *Sacarii*; en France,

nous les nommons Porteurs de grains ; leur
service est longtemps resté libre, et l'on ne voit
rien qui les concerne dans les ordonnances de
saint Louis, ni dans celles du roi Jean, de l'an
1350. Mais sous le règne de Charles VI, quatre
de ces porteurs de grains des halles de Paris
établirent entre eux une confrérie dans l'église
Saint-Eustache. Ce prince leur en accorda la
confirmation par lettres-patentes du 20 juillet
1410, et ce fut leur premier titre. Les autres de
la même profession se joignirent ensuite aux
premiers et formèrent avec eux une compagnie
de cinquante-cinq, dont les étrangers furent
exclus.

A l'imitation des porteurs de grains des
halles, ceux de la Grève et des ports s'unirent
aussi entre eux, et le même prince, par ordonnance de février 1415, régla de même leurs
droits et leurs fonctions.

Louis XI, par lettres-patentes de Chartres,
en juin 1467, confirma la confrérie des jurés
porteurs de grains de la halle de Paris et le
règlement pour leur discipline et leurs fonctions.
En 1496, une sentence du prévôt de Paris régla celles des jurés porteurs de la halle et des

ports de l'Ecole. En décembre 1504, des lettres-patentes du roi Louis XII réunit la communauté des porteurs de grains du port de l'Ecole à celle de la halle, fit un nouveau règlement relatif à leurs fonctions, et plus tard, le 7 septembre 1546, un arrêt du parlement, sur appel d'une sentence du Châtelet, défendit aux porteurs de grains de se servir de suppléants à leurs gages, nommés *Plumets*, et leur ordonna de faire eux-mêmes leur service en personne.

D'autres lettres-patentes de Henri II, février 1547 ; François II, juillet 1560 ; un règlement de police du 4 février 1567 ; les lettres-patentes de Henri III, du mois de mars 1575 ; un arrêt du parlement, du 12 décembre 1592 ; trois autres, du 16 juillet 1597, du 3 juillet 1599, et du 2 octobre même année ; des lettres-patentes de Louis XIII, Paris, septembre 1611 ; une sentence du Châtelet de Paris, 22 décembre suivant ; un arrêt du parlement, 22 décembre 1612 ; une sentence du Châtelet de Paris, du 23 novembre 1657 ; une autre, du 26 juillet 1671, forment le corps de la législation et des règle-ments relatifs aux porteurs de grains de Paris, de leurs fonctions et de leurs droits.

III.

LE PAIN, LES BOULANGERS.

L'usage du pain et sa fabrication ont pris naissance en Asie dans les temps les plus reculés ; sa composition fut d'abord fort simple ; la farine et l'eau suffirent, et on ne les mêlait alors et pétrissait ensemble qu'au moment de les faire cuire pour chaque repas. L'âtre du feu servait le plus souvent à la cuisson ; on posait dessus un morceau de pâte aplati que l'on couvrait de cendres, et qu'on y laissait jusqu'à ce qu'il fût cuit. Ce fut ainsi, dit l'Écriture, que Sarah prépara du pain pour le repas des anges qu'Abraham reçut sous la figure de trois pèlerins, et cette manière de le cuire y est rappelée en plusieurs autres endroits. On se servait aussi pour cet usage d'un gril posé sur des charbons ou d'une poêle tenue sur le feu et dans laquelle on mettait la pâte.

On inventa ensuite les petits fours ou fourneaux portatifs. Ils furent d'abord de brique ou

de terre; on y employa depuis le fer et l'airain.
Les Hébreux les nommaient *tannur* et s'en servaient de préférence aux autres moyens inventés pour cuire le pain.

Deux corps aussi pesants et matériels que la
farine et l'eau rendirent le pain un aliment
grossier et de difficile digestion. On ne tarda
pas à remédier à cet inconvénient par l'addi-
tion d'une substance acide pour agiter, subtili-
ser et diviser les parties composant le pain en
le gonflant et y laissant des vides qui le ren-
dissent plus léger. Les Hébreux nommaient
seor ce qu'ils employaient à cet usage. On en
ignore la composition, mais on suppose que
c'était un morceau de pâte gardé plusieurs jours
pour le laisser aigrir et le mêler ensuite dans
toute une masse de pâte pour la fermenter.

Le pain, cet aliment tout simple et tout commun qu'il est, fut d'abord si estimé, que les
anciens le nommèrent *lechem*, voulant faire
entendre par l'énergie de ce nom, qui renferme
la signification de toutes les nourritures, que le
pain seul pouvait tenir lieu de tous autres aliments.

Les premiers pains n'étaient point de forme

ronde ou élevée, comme le sont les nôtres aujourd'hui, mais plats, en forme de galettes. On ne se servait pas de couteau pour les partager, on les rompait facilement en morceaux : de là viennent les expressions si souvent répétées dans l'Écriture, *rompre le pain ; la fraction du pain.*

L'invention de convertir le blé en farine et en pain ne fut pas longtemps sans passer des Orientaux aux autres nations voisines. Elle passa d'abord en Béotie et dans les autres provinces de la Grèce. L'usage du pain ne passa pas sitôt en Italie et dans les autres parties de l'Europe. On ne trouve point dans quel temps les Romains commencèrent à se servir de pain, mais il est certain qu'ils en avaient l'usage avant que Rome fût attaquée par les Gaulois, l'an 365 de sa fondation, et qu'au siège du Capitole ils en jetèrent sur les assiégeants pour leur faire croire que la place était abondamment pourvue de vivres, et qu'on ne pourrait la réduire par la famine.

De l'Italie l'usage du pain s'est répandu dans toutes les autres parties de l'Europe, et Pline fait mention du pain qui se faisait dans les Gaules et en Espagne, et de l'avantage qu'il y avait à y mêler du levain pour le rendre plus léger.

L'usage du pain étant venu de la Grèce, sa cuisson demeura longtemps soumise aux procédés usités chez les premiers consommateurs. Ce ne fut que sous le règne de Tarquin le Superbe que les Romains commencèrent à bâtir des fours fixes et solides, comme nous les avons aujourd'hui. Ces fours furent d'abord construits aux mêmes lieux où le blé était converti en farine, et ce ne fut que plus tard qu'il fut permis à chaque habitant d'avoir un four dans sa maison, en se conformant aux lois et règlements relatifs à la sécurité publique. Le droit de possession d'un four fut aussi longtemps, en France, réservé aux seuls seigneurs des lieux, et ce ne fut que sous Charlemagne, vers l'an 849, que les droits de four banal ont éveillé la sollicitude de nos lois.

Dans les temps anciens, comme nous venons de le dire, le pain se cuisait sur l'âtre du foyer ou sur une plaque de terre ou de fer, rehaussée, recouverte d'un *chapiteau* sur lequel on mettait des cendres chaudes, comme sur

nôtre *four de campagne*. Il était encore sans
levain, mat et insipide; on lui donnait donc
fort peu d'épaisseur pour le rendre plus cuit et
plus digeste. On ne le coupait point, on le cas-
sait. Il y avait surtout une sorte de pain qu'on
employait en guise de plat ou d'assiette, pour
poser et couper certains aliments. Ainsi hu-
mecté par les sauces et le jus des viandes, il se
mangeait comme un gâteau. On les appelait
tranchoirs, ou tailloirs; ils étaient en usage à
la table des gens riches, et même à celle des
souverains. Nos rois en conservèrent longtemps
le souvenir. Le jour de leur sacre, on en faisait
en pain bis une très-grande quantité, que l'on
présentait aux convives pour la forme, et qu'on
distribuait ensuite aux pauvres. Au sacre de
Louis XII, on en servit 1294 douzaines, et cette
cérémonie s'observa encore à celui de Charles IX.

On ne sait ni l'époque ni à quelle circonstance on doit l'introduction du levain dans le
pain. Ce fut d'abord seulement de la pâte ai-
grie; mais on voit dans Pline que les Gaulois
se servaient de levure de bierre. Cet usage se
perdit; mais, sur la fin du XVIe siècle, les boulangers de Paris en remirent dans le pain mol-

let, et, par suite, dans les autres pains, comme
on le fait encore aujourd'hui.

Il y avait peu de villes ou de bourgs en
France où il n'y eût une ou plusieurs boulange-
ries publiques. Paris, autrefois renfermé dans
l'île de la Seine, avait pour tous ses habitants un
four commun ou banal, où chacun d'eux portait
cuire son pain. Il était situé hors la porte de cette
ancienne enceinte, au lieu où fut depuis la grande
boucherie, et, par conséquent, hors le danger
de causer aucun incendie; précaution d'autant plus nécessaire, qu'alors les maisons de la
ville étaient construites en bois et couvertes de
roseaux. Soit que ce four fût fort grand, ou qu'il
y en eût plusieurs sous un même toit pour suffire à la consommation de la ville, les feux qui
paraissaient continuellement en ce lieu lui firent
donner par le peuple l'épithète de *Furnus infer-
ni*, Four d'enfer.

L'un de nos premiers rois de la troisième race
donna ce four, avec les droits qui en dépen-
daient, à l'évêque de Paris. Il fut ensuite aliéné
par ce prélat, ou l'un de ses successeurs, à titre
de fief, à quelque particulier, qui le donna encore en arrière-fief à un autre; en sorte qu'en

l'an 1194, *noble homme Jean de Sully et sa femme en étaient propriétaires à titre de censive, relevant d'Hélie le Sénéchal, qui le tenait en arrière-fief de Ferry de Brunaie, et celui-ci en relevait de l'évêque de Paris.* Jean de Sully et sa femme le vendirent aux religieux, abbé et couvent de Montivier, moyennant cent livres, du consentement de ces seigneurs féodaux, et cette vente fut confirmée par Maurice de Sully, évêque de Paris, comme seigneur suzerain, par acte de l'an 1194. (*Voir* l'acte latin, p. 703, Tr. de la police Delamarre).

Odo de Sully, évêque de Paris, successeur de Maurice, racheta ce four des religieux de Montivier, et le donna, avec d'autres biens, pour fonder deux chapelains dans l'église de Saint-Symphorien, proche Saint-Denis-de-la-Chartre, par acte du mois d'août 1207. Cette église a joui de la fondation tant que le four a subsisté.

L'accroissement de la ville de Paris donna lieu d'augmenter le nombre des fours. En 1137, la reine Alix, veuve de Louis le Gros, en fit bâtir un sur la terre de Champeaux, proche le lieu où sont encore aujourd'hui les halles, et en donna les revenus à une femme qu'elle aimait, nommée Adélaïde Genta. Louis le Jeune, son fils, vendit la propriété de ce four, à la charge de l'usufruit, qu'il réserva à Genta. Ce four, en 1223, appartenait à l'évêque de Théroënne, et était chargé de vingt sous de rente envers les religieux de Saint-Martin. Ces religieux l'achetèrent ensuite pour servir à leurs habitants du bourg l'Abbé. Ce four était situé au coin de la rue de la Cordonnerie.

Les seigneurs des autres bourgs qui s'étaient formés aux environs de Paris avaient aussi chacun leur four banal.

L'évêque de Paris en eut un d'abord, et ensuite deux, pour les habitants des bourgs ancien et nouveau de Saint-Germain-l'Auxerrois, qui étaient dans sa censive. L'abbé et les religieux de Saint-Germain en avaient aussi un pour leurs habitants. Les rues du Four, proche Saint-Eustache et Saint-Germain-des-Prés, en ont retenu le nom. Les abbé et religieux de Saint-Maur-des-Fossés, à cause du prieuré de Saint-Éloy, avaient un four banal rue de l'Aigle, qui fait aujourd'hui partie de la rue Saint-Antoine, ainsi qu'il se voit dans un ancien terrier de ce prieuré, de l'an 1227 : *Domus aquilo in vico Baldori sita ad portam domus sita Parisius juxta furnum Sancti-Elegii in vico de aquila per itur apud Sanctum-Antonium.* Le même prieuré avait encore un autre four au coin de la rue de la Poterie et de celle de la Coutellerie, appelée alors de Vieille-Oreille, comme il est justifié par un terrier de 1284.

Les chanoines de Saint-Marcel avaient aussi leur four banal pour les habitants de leur bourg.

Ainsi, dans ces temps-là, aucun des habitants de la ville de Paris, ni ceux des bourgs voisins, non pas même les boulangers, n'avaient la liberté de faire cuire leurs pains ailleurs qu'à l'un de ces fours banaux, que les seigneurs multiplièrent à proportion des accroissements de leurs terres.

On y payait un droit de fournage, *furnagium vel furnaticum*, et les seigneurs étaient obligés d'entretenir les fours et d'y avoir des gens préposés pour le service, nommés fourniers, *furnarii*, ainsi qu'il est exprimé dans l'ancien cartulaire de l'abbaye Saint-Germain. Il en est aussi fait mention dans le registre de Louis le Hutin,

roi de France : *Similiter ultra justum fornati-*
cum, scilicet ultra de duobus sextariis tres
obolos. Ces usages subsistèrent jusqu'au règne
de Philippe-Auguste. Ce prince, ayant réuni par
une nouvelle clôture toutes ces parties séparées,
pour n'en former qu'une même enceinte, qui,
par son étendue, donnât plus de majesté à sa
ville capitale, jugea difficile d'assujettir un si
grand nombre d'habitants aux fours banaux, et
permit à tous les boulangers d'avoir des fours et
d'y cuire, non-seulement pour eux, mais encore
les uns pour les autres et pour tous les bourgeois
qui auraient recours à eux.

Les lettres de Philippe-Auguste, que l'on n'a
pas retrouvées, sont relatées dans un acte d'É-
tienne Boileau, prévôt de Paris, du temps de
saint Louis, à l'occasion d'une enquête tou-
chant cet usage, et ensuite de laquelle les boulangers furent maintenus dans ce droit, pour
lequel ils payaient au roi *9 s. 3 d. ob.*

Il est à remarquer que, dans la licence donnée
aux bourgeois de Paris, du temps de Philippe-
Auguste, et confirmée par saint Louis, c'était le
blé, et non la farine, qu'on leur permettait d'y
porter ; ce qui prouve encore qu'anciennement

le moulin et le four étaient joints ensemble, et que l'on faisait moudre le blé au même lieu où, réduit en farine, on le convertissait ensuite en pain.

Philippe-Auguste avait encore établi que nul étranger à la banlieue de Paris ne pourrait y apporter pour vendre du pain, que le samedi de chaque semaine seulement ; cette permission fut aussi confirmée par saint Louis.

Les accroissements de la ville et du nombre de ses habitants rendant de plus en plus difficile de cuire le pain aux fours banaux et chez les boulangers, Philippe le Bel, par lettres patentes du mercredi après l'octave de Pâques de l'an 1305, permit indifféremment à tous les bourgeois de Paris d'avoir des fours particuliers et de faire cuire leurs pains dans leurs maisons; il leur permit même à tous de se vendre du pain les uns aux autres.

La faculté accordée aux habitants de Paris d'avoir chacun son four particulier, et de vendre du pain à ses voisins, jointe à la permission donnée aux boulangers forains d'apporter du pain à Paris, l'un des jours de la semaine, et de l'y exposer en vente dans les marchés, était une abolition tacite des fours banaux. Quelques seigneurs des bourgs renfermés dans cette ville voulurent néanmoins y assujettir leurs vassaux pendant quelque temps, et l'évêque de Paris *fut maintenu d'en avoir un dans l'étendue de sa justice, par sentence des requêtes du Palais de l'an 1402 ;* mais cette servitude se perdit bientôt chez lui comme ailleurs, *per non usum.*

Le bourg Saint-Marcel, séparé et assez éloigné des murs de la ville, ayant sa justice et ses abbayes particulières, avait aussi son four banal, devenu insupportable aux habitants de ce bourg, qui voyaient leurs voisins de Paris déchargés de cette servitude. En 1406, le doyen et les chanoines de Saint-Marcel, seigneurs de ce bourg, composèrent avec les habitants et leur permirent à tous d'avoir des fours particuliers dans leurs maisons, à la charge de payer tous les ans au receveur du chapitre, *soixante quinze sous* pour la communauté des habitants, *et deux sous six deniers par chaque petit four,* tant que le four subsisterait. Ils nommèrent ce revenu le *droit de petit four,* ainsi qu'il est qualifié dans la déclaration qu'ils donnèrent au roi, l'an 1580, inscrite à la chambre des comptes. Par la suite, les habitants s'étant plaints de ce droit, en furent déchargés par sentence des requêtes du Palais du 28 mars 1675; et, depuis cette époque, il ne resta plus à Paris aucun four banal ni aucun droit pour représenter cette servitude et en conserver la mémoire.

On ne sait pas précisément en quel temps fut formée à Paris la communauté des boulangers; il est certain, toutefois, que, dès le temps de Charlemagne, il était ordonné aux juges de veiller à ce qu'il y en eût un nombre suffisant; d'où l'on peut induire qu'ils formaient déjà une espèce de communauté soumise à une certaine discipline, et d'autant plus qu'ils y payaient le droit de *haut-ban*, regardé comme fondement de leur communauté; droit aussi ancien que la monarchie, dont il est fait mention dans les ordonnances de Dagobert II, en 630; dans celles de Charlemagne, en 803, et ailleurs. Ce droit distinguait les boulangers de Paris de ceux des faubourgs et des forains, qui n'y étaient point assujettis. Avant le règne de Philippe-Auguste, la ville de Paris, encore renfermée dans une étroite enceinte, n'eut besoin que d'un très-petit nombre de boulangers; les fours banaux y subsistaient encore, et la plus grande partie des habitants y faisaient cuire eux-mêmes leur pain ; les boulangers forains n'y faisaient aucun commerce et n'exerçaient aucune concurrence : il n'était donc pas besoin de nombreux statuts ou règlements pour leur discipline ; et s'ils avaient quelque union entre eux, ce dont on ne peut douter, ce n'était d'abord qu'à titre de confrérie et de société religieuse.

Ce fut Étienne Boileau, prévôt de Paris, établi par saint Louis, qui, dans une assemblée des notables, fit publier le plus ancien règlement connu sur les boulangers, appelés alors *talemeliers*. On y voit, entre autres particularités, que le nom de *gindre*, encore en usage aujourd'hui, et dont on a peine à justifier l'origine, était dès lors attribué au chef des *varlets*, ou aides de boulangerie, et qu'il leur était donné à raison de leur jeunesse, *juniores* ou *juvenènes*, ainsi qu'il résulte d'anciens titres latins d'ordonnances de Dagobert II, année 630 ; Charlemagne, en 800, 802, 810 et 812 ; et enfin d'une charte de Louis VIII, année 1147. Le sou, dont il est parlé dans ces règlements ou statuts, était, dans ce temps-là, une pièce d'argent de *onze deniers douze grains d'alloi, et du poids de trois deniers sept grains.* Le denier était aussi une petite pièce d'argent de la douzième partie du sou.

Les boulangers ne devaient exposer en vente que du petit pain, et il leur était défendu d'en avoir de plus gros que de *deux deniers*, et de plus petits que d'*une obole* ; ce qui revient à peu près à nos pains *de deux sous et d'un sou* (10 ou 5 centimes). Mais ils pouvaient, le samedi, exposer en vente dans le marché, de même que les boulangers forains, des pains de tous prix, pourvu qu'ils n'excédassent pas *douze deniers.*

Les accroissements que la ville reçut sous le règne de ce prince apportèrent quelques changements à la position des boulangers : on commença à les distinguer d'avec ceux des bourgs qui venaient d'être renfermés dans la nouvelle enceinte et d'avec les forains que la multiplication des habitants attira bientôt à Paris. Il n'y eut pourtant que peu de changements sous le règne de Philippe-Auguste. On voit seulement que, pour favoriser les boulangers de la ville, il diminua le droit de *haut-ban* d'un muid de vin, que chacun d'eux devait lui fournir par an ; qu'il réduisit le droit à six sous parisis, et qu'il défendit aux boulangers forains d'apporter du pain pour vendre à Paris à d'autres jours que le samedi, alors le seul jour de marché.

Avant saint Louis, on était admis dans la communauté des boulangers en payant au roi, pour droit de maîtrise, une certaine somme d'argent, dont ce prince donna la perception à faire sur les boulangers de Paris, à son maître Pannetier, en y joignant une espèce de petite justice correctionnelle , jusqu'à six deniers d'amende contre les maîtres et trois deniers contre les garçons.

L'interprétation de ces règlements et les désordres introduits dans la police du royaume pendant les guerres continuelles du règne de Philippe de Valois donnèrent lieu successivement aux lettres-patentes de Philippe le Bel, en 1305, et à l'édit du roi Jean, en 1350, le premier règlement général et le plus ample qui ait encore concerné cette importante matière, tant sous le rapport de la qualité du pain que sous celui de son poids. Ce ne fut plus alors le grand Pannetier qui eut la juridiction des boulangers dans ses attributions, mais bien le prévôt des marchands, qui fut appelé à présider l'élection des jurés et à régler la pénalité et les confiscations et amendes qui devaient résulter des contraventions aux statuts dans la qualité ou le poids du pain livrés à la vente et à la consommation.

Depuis le règne du roi Jean jusqu'à celui de Henri III, il n'y eut point de nouveau règlement relatif à la boulangerie ; ce ne fut qu'en 1577 que le roi, par lettres-patentes adressées au parlement et au prévôt de Paris, et enregistrées le 2 décembre de la même année, posa les bases de la police des boulangers, telle quelle a subsisté depuis, et est encore le principe des règlements en usage aujourd'hui. Le nombre des boulangers ; le poids du pain, sa division en pain de six livres et de trois livres ; son prix, sa qualité de pain blanc ou *bourgeois*, ou, de plus, noir, anciennement appelé *pain de brode* ; les conditions imposées aux boulangers de la ville et aux forains ; l'heure d'entrée et de sortie des marchés ; tout, jusqu'au *costume des compagnons de ce métier, continuellement en chemise, en caleçon et en bonnet*, pour être toujours en état de travailler, se trouve réglé dans cet édit, et n'a cessé d'être exécuté depuis. Les boulangers durent avoir toujours *à leurs fenestres, ouvroirs ou charettes, des balances à poids légitimes, et leurs pains marqués de marques particulières, pour être visités par un des officiers de police et un bourgeois du quartier, à peine de dix livres parisis d'amende pour chaque contravention, dont le tiers adjugé au dénonciateur et celuy qui aura fait la prinse et saisie.*

Une sentence du magistrat de police du 3 mai 1579 pourvut enfin à ce que les compagnons ne pussent cabaler entre eux pour faire augmenter leurs gages, et, de concert entre eux, *quitter le service des maîtres, de manière que le public en souffrît.*

Lorsque saint Louis eut affranchi les villes de la banalité des fours, les fourniers prirent le nom de *pannetiers*, à raison du pain qu'ils vendaient ; l'officier de la maison du roi, qui fournissait le pain pour sa bouche, se nomma *grand pannetier* et eut alors la juridiction de tous les pannetiers de France. Dans la suite, il eut le privilége des maîtrises, et ce fut entre ses mains, ou celles de ses lieutenants, que les nouveaux maîtres prêtèrent serment et payèrent les droits de réception et les amendes. Les statuts données par saint Louis font mention d'une cérémonie singulière qui se pratiquait à la réception d'un boulanger à la maîtrise. L'aspirant, accompagné des anciens maîtres et jurés de sa communauté, venait présenter au lieutenant du grand pannetier un pot de terre neuf rempli de noix et de nieules (espèce d'oubli). Toute l'honorable assemblée sortait dans la rue pour aller casser le pot contre la muraille. Quand elle était rentrée, chacun payait *un denier* au lieutenant, lequel était tenu de fournir du feu et du vin ; puis l'on buvait ensemble.

Cet usage fut ensuite converti en un autre non moins bizarre : Le nouveau maître, à sa troisième année de réception, était obligé de venir, le premier dimanche après les Rois, présenter au grand pannetier un pot neuf rempli *de pois sucrés* (dragées), avec un romarin, aux branches duquel pendaient diverses sucreries.

L'usage ayant aboli cette ridicule cérémonie, le grand pannetier, ou son lieutenant, admettait à la maîtrise qui bon lui semblait, sans y bserver aucune formalité. Cela causa un grand désordre dans la profession des boulangers, dont les statut devinrent sans autorité. Des contestations s'élevèrent, et il y fut pourvu par deux arrêts du parlement des 21 février 1637 et 29 mai 1665. Entre autres particularités, on voit dans le dernier que les droits à payer au grand pannetier y sont évalués à cinq sous pour chacune des trois premières années de la maîtrise, et que le *pot de romarin et les friandises qui devaient l'accompagner furent convertis depuis environ le milieu du XVIIᵉ siècle en un louis d'or*. On donnait à ce droit le nom d'hommage, ce qui indique que tous ces droits, exercés par les officiers de la couronne ou de la maison du roi, étaient autant d'inféodations personnelles que nos rois leur avaient accordées.

Les boulangers de Paris eurent le singulier privilége d'entrer, eux, leurs femmes et leurs garçons, à l'hôpital Saint-Lazare, pour se faire traiter de la lèpre, alors qu'elle fut répandue et multipliée en France. Pour acquérir ce droit, chaque maître devait donner à l'hôpital un pain par semaine; mais, sur la fin du XVIᵉ siècle, on substitua au pain un denier parisis, qui fut appelé le *denier de Saint-Lazare*, ou *denier de Saint-Ladre*.

Le nom de *boulanger*, porté aux statuts que leur donna saint Louis, paraît, selon Ducange, venir de la forme d'une *boule* qu'ils donnaient alors au pain, et celui *de talmeliers* qu'ils portaient précédemment, du tamis dont ils se servaient avant la découverte du *bluteau* pour séparer la farine du son.

Jusqu'au règne de Henri IV, il n'y avait point encore eu de boulangers compris parmi les marchands et artisans privilégiés suivant la cour, créés par le roi Louis XII. Henri IV fut le premier qui, par lettres-patentes du 16 septembre 1604, ordonna qu'il y en aurait dix. Louis XIII le reporta à douze qui eurent leur demeure à Paris.

Outre les boulangers établis dans l'enceinte de Paris où ils cuisaient *du gros et du petit pain*, et un bien plus grand nombre dans les faubourgs *qui ne cuisaient que du gros pain*, il y en avait encore une multitude venant des environs de Paris dans un rayon de cinq à six lieues, de Saint-Denis, Gonesse, Corbeil, Villejuif et autres endroits. Ceux-ci, appelés *forains* (de l'adverbe latin *foras*), ne devaient apporter du pain pour vendre à Paris, que le samedi de chaque semaine, qui était alors le seul jour de marché ; ainsi qu'il résulte d'une ordonnance de Philippe-Auguste, qui ne se retrouve point, mais est énoncée dans les anciens statuts des boulangers. Saint Louis la renouvela sur une plainte des boulangers de Paris contre ceux de Corbeil qui y avaient contrevenu ; on la retrouve encore citée dans les anciens statuts donnés aux boulangers par le prévôt de Paris, Etienne Boileau, sous le règne du même roi.

Les forains ayant encore fait de nouvelles entreprises pour se rendre maîtres du commerce de pain dans Paris, pendant les guerres que la France eut à soutenir sous le règne du roi Jean et la peste de 1362, Charles dit le Sage accorda aux boulangers de Paris, le 12 mars 1366, des lettres-patentes ordonnant au prévôt de cette ville de leur faire rendre justice contre les forains ; et le 16 avril de la même année, ce magistrat fit un règlement qui défendit à ceux-ci de vendre à Paris leur pain à d'autres jours que ceux du marché et ailleurs que sur ce même marché, leur ordonna de faire leur pain d'un même poids, d'une même farine et d'une même façon ; du *prix de deux ou quatre deniers* et non au-dessus. Le denier était en ce temps-là une petite pièce d'argent fin ; ainsi à la valeur qu'avait alors le blé, ce devaient être de gros pain de ménage que les forains pouvaient apporter et vendre à Paris. Ils devaient vendre en personne ou par leurs femmes ou par leurs gens ; mais non en gros à des *regratiers* : ils ne pouvaient pas non plus les remporter une fois qu'ils avaient été exposés sur la halle. Ce règlement fut confirmé par lettres-patentes de Charles VI, du 19 septembre 1391, et par arrêt du parlement du 23 juin 1488, suivi d'un règlement, du 5 août même année, renouvelé le 26 février 1522. Dans ce dernier règlement les forains eurent la permission de porter dans les maisons des bourgeois, mais aux seuls jours des marchés, les pains qui leur avaient été commandés, et comme les boulangers de Paris s'étaient beaucoup relâchés, il leur fut enjoint de *cuire et de pourvoir la ville de Paris, chaque jour et à toutes heures du matin et du soir, des trois sortes de pains à eux ordonnées à peine de punition corporelle.*

Les boulangers forains abusèrent de leur permission de porter le pain à domicile, et sous ce prétexte, arrêtant leurs charrettes dans les rues pour livrer des pains de maisons en maisons, ils en vendaient aussi à tous ceux qui se présentaient. Cet abus diminuait l'abondance dans les marchés, favorisait l'élévation du prix, facilitait à toute personne l'achat en grande quantité pour en faire ensuite le débit, enfin soustrayait les vendeurs à l'inspection des commissaires et à la discipline des marchés. Il y fut donc pourvu par deux ordonnances de police, l'une du 16 juin 1616, l'autre du 20 juillet 1703.

Ce ne fut que sous le règne du roi Jean que l'on commença à distinguer le pain en trois différentes espèces, selon ses différents degrés de bonté ou de blancheur ; le pain de *Chailli* qui était le plus blanc ; le pain *coquillé* et le pain *bis*. La différence de prix entre ces trois espèces de pain était réglée par le poids de chacun d'eux. Quand le *pain de Chailli du prix d'un denier* pesait quatre onces cinq gros, le *coquillé*, du même prix, devait peser cinq onces et demie, et le *bis* neuf onces. Cette différence ne devait se rencontrer que dans le petit pain fait par les seuls boulangers de la ville de Paris. Les forains voulurent les imiter : au lieu d'apporter de bon pain de ménage pour les artisans et le menu peuple, ils en séparèrent la fleur de farine pour faire aussi des petits pains de diverses qualités et blancheur. Cela leur fut défendu par lettres-patentes de Charles V, du 12 mars 1366, et par un règlement du prévôt de Paris du 14 avril même année.

Cette distinction de trois sortes de pains subsista pour les boulangers de Paris, mais avec quelques changements introduits successivement dans les noms. Ce furent le *pain coquillé* qui, dans une ordonnance de juillet 1372, est appelé *pain bourgeois*, et le *bis* qui prit le nom de *pain faitis* ou *pain de Brode*. L'on inventa dans la suite une quatrième espèce de pain aussi blanc que le pain Chailli ; mais avec cette différence que celui-ci était molet et que la pâte du nouveau pain était affermie et broyée avec tant de force, que les bras n'y pouvant suffire, les boulangers y employaient les pieds, après se les être beaucoup lavés à l'eau chaude. On

le nomma *pain de chapitre*, parce que ce fut
le boulanger du Chapitre de Notre-Dame qui
en fit le premier, ainsi qu'il est mentionné au
grand règlement de police, arrêté au conseil du
roi le 4 février 1567. Le nouveau pain fit encore changer de noms aux trois anciennes espèces : le pain de Chailli fut nommé simplement
pain molet et demeura le premier ; le second
conserva le nom de pain de chapitre ; le pain
coquillé ou bourgeois fut appelé *pain bis blanc* ;
et le quatrième quitta les noms de faitis ou pain
de Brode, pour conserver seulement celui de
pain bis. C'est ainsi qu'ils sont distingués dans
une ordonnance de police du Châtelet de Paris
du 30 mars 1635.

Ce ne fut pas seulement sous le roi Jean que
l'on commença à Paris de faire diverses qualités
de pain : d'anciennes chartes, citées par Ducange, parlent de *pain primos, pain de papé,
pain de cour, pain de la bouche, pain de cheva-
lier, d'écuyer, de chanoine, de salle pour les
hôtes, pain vasalier ou de servants, de valet,
pain Truses, Tribolet, Férez, Maillau, pain
de maïs, pain Chœsne, Chouhol, Denain, Sa-
lignon, Siméniau*. Ce dernier se criait dans les

rues par les *oublieux*. Il y avait des *pains ma-
tinaux* pour les déjeuners ; des *pains du Saint-
Esprit*, qu'on donnait en aumône aux pauvres,
dans la semaine de la Pentecôte ; des *pains d'é-
trennes*, que les paroissiens offraient à leur
curé vers les fêtes de Noël.

Trente ans environ après que cette ordonnance eût été rendue, les boulangers, pour
rendre leur pain plus léger, plus délicat et de
meilleur goût, remirent en usage la levure de
bière, dont les anciens Gaulois, au rapport de
Pline, s'étaient servis autrefois. Ils y mêlèrent,
comme avaient fait les Grecs et les Romains, du
lait et du sel. Marie de Médicis ne voulut point
que l'on servît sur sa table d'autre pain que
celui-là ; ce qui lui fit donner le nom de *pain à
la reine*. Les boulangers ne tardèrent pas à mo-
difier encore la façon du pain, en le faisant plus
blanc, plus mollet, en y mêlant plus de lait ; en
sorte qu'on vit, en peu de temps, paraître dans
leurs boutiques des pains de différents noms,
selon la façon ou la forme qu'ils leur donnaient,
comme aussi le nom des personnes de qualité
qu'ils servaient. On vit paraître le pain à la
reine, le pain à la Montron, celui façon de Go-

nesse, le pain Cornu, le pain de Ségovie, le blême et le pain à la citrouille.

Ces pains de nouvelle invention n'avaient jamais le poids établi par l'ordonnance. Les boulangers se prétendaient affranchis de cette obligation par la dépense qu'ils faisaient pour donner à leur pain plus de bonté et de délicatesse. Il était dangereux de souffrir cette irrégularité ; on ne voulait pas cependant priver les personnes riches, délicates, et même les convalescents, de la jouissance du pain de choix, flattant le goût et pouvant rappeler l'appétit. Ces considérations firent rendre deux ordonnances de police des 30 mars 1635 et 1er juillet 1645, où, sans rien changer aux précédents règlements, il est enjoint aux boulangers de petit pain d'avoir toujours leurs boutiques garnies des quatre sortes de pains qu'ils sont obligés de faire, et leur permettent, néanmoins, d'en faire d'autres plus mollets pour ceux qui voudront en user.

Le dernier règlement relatif à la forme et à la qualité du pain fut l'arrêt du 21 mars 1670, qui permit aux boulangers d'y employer la levure de bière, comme ils l'avaient fait par le passé, et comme ils le font encore aujourd'hui. Cet arrêt fut rendu après avoir consulté la Faculté de médecine, les plus anciens et notables bourgeois et les magistrats, sur la question de savoir si cet usage était contraire à la santé. Un autre arrêt du parlement du 16 juillet 1511 avait déjà ordonné aux boulangers de cuire *à heure compétente, en sorte que leurs pains soient froids et rassis à heure raisonnable;* et une ordonnance du 23 novembre 1546 avait ajouté que le pain fût *sans mixtion, bien élaboré, fermenté et boulangé ainsi qu'il convient; qu'ils le fassent bien cuire et essuyer, et en telle médiocrité qu'il est requis; qu'ils y apportent telle diligence que leur pain soit froid, paré et rassis aux heures de réfection ordinaires; savoir, pour le dîner, au moins à six et sept heures du matin; qu'après chaque fournée, le pain qu'ils verront n'estre de la façon, boulangerie, blancheur et poids convenables, ils le mettent à part, sans l'exposer publiquement en vente dans leurs boutiques. Défend surtout aux boulangers des faubourgs et aux forains d'employer à faire le pain aucune mixtion, mauvaise farine réprouvée et gastée, blé relavé ni son remoulu.*

On ne s'était jamais occupé d'établir, entre le poids et le prix du pain, une balance corrélative au prix plus ou moins élevé du blé, sujet lui-même à de fréquentes variations. Le roi Louis X voulut entreprendre cette réforme, et, pour y parvenir, il ordonna *qu'il serait fait par les boulangers un premier essai, pour connaître combien un setier de blé rendait de pains*. Cet essai fut fait le vendredi avant la fête de la Pentecôte 1316 ; mais la mort de ce prince, arrivée peu de jours après, remit au règne du roi Jean l'exécution de ce dessein. Par l'édit de 1350, dont nous avons déjà parlé, il fut établi que, si le pain ne devait varier du prix d'un ou deux deniers, ce qui reviendrait aujourd'hui à celui d'un ou deux sous, il changerait de poids selon le prix du blé, et prendrait, pour règle de cette variation, l'essai fait en 1316. On trouve, dans ce règlement, la proportion du poids du petit pain aux différents prix du blé, *depuis quarante sous le setier, en descendant jusqu'à vingt-quatre sous.* Le sou était une pièce d'argent que l'on nommait aussi *gros tournois*, et valait douze deniers, qui, selon le cours ultérieur des monnaies, valurent *douze autres sous*. Ainsi le blé, à quarante de ces sous, valut plus tard vingt-quatre livres, et, à vingt-quatre de ces sous, il descendait à quatorze livres huit sous, monnaie du temps.

Les troubles de la France, sous le règne du roi Jean, renversèrent ce règlement : les boulangers n'observèrent plus aucune discipline; ils firent le pain de tel poids que bon leur sembla, et ne le vendirent pas moins toujours au même prix. Ils portèrent la licence à tel point, que les plaintes du peuple pénétrèrent jusqu'au Louvre. Charles V, qui régnait alors, fit à cette occasion le règlement le plus solennel qui ait paru sur cette matière. Tenant son Parlement le 21 avril 1372, il fit expédier une commission à deux conseillers de la cour et au prévôt de Paris, pour réformer la police du pain. Ces trois commissaires, assemblés avec plusieurs officiers et anciens bourgeois, jugèrent nécessaire de *faire un essay* sur une certaine quantité de blé convertie en farine, et cette farine en pain; mais ils ne crurent pas à propos de s'en rapporter aux seuls boulangers, comme en 1316. Des commissaires du Châtelet furent nommés pour présider à cette expérience; ceux-ci appelèrent avec eux quelques-uns des échevins et des notables bourgeois: et ce fut devant cette assemblée que le blé fut acheté, pesé, converti en farine, et la farine, pesée de nouveau, convertie en pain par les boulangers.

Il fut reconnu que le pain de Chailli, qui était le plus blanc et du prix d'un denier, devait peser en pâte onze onces à quinze onces la livre, et cuit neuf onces un quart. Le pain bourgeois, d'un denier, devait peser en pâte quinze onces, et cuit douze onces. Le pain faitis ou de Brode, qui était le plus bis, devait peser en pâte vingt-huit onces, et cuit vingt-quatre onces. Les pains de deux deniers de chacune des trois espèces devaient, à proportion, peser le double.

Après cet essai rapporté aux deux conseillers de la cour et au prévot de Paris, ceux-ci firent acheter secrètement chez les boulangers des pains de ces trois sortes. Ils les firent peser, et il fut prouvé que le pain de Chailli d'un denier, était trop léger d'une once et demie; qu'il y avait la même diminution au pain bourgeois; et que le pain faitis ou de Brode, qui était le plus bis, et par conséquent le pain des pauvres, était du poids qu'il devait avoir.

D'après ces expériences, ils réglèrent le poids et le prix du pain pour l'avenir, et les proportionnèrent au prix du blé plus ou moins élevé. Ce règlement fut porté par les mêmes commissaires, au conseil du roi où étaient plusieurs membres du parlement, et homologué par lettres-patentes, données à Vincennes au mois de juillet de la même année 1372.

Les boulangers de Paris voulurent assujettir les forains à faire aussi leurs pains d'un poids certain et les fatiguèrent des visites de leurs jurés. Les forains s'en plaignirent, et pour ne pas diminuer l'abondance des apports extérieurs, un arrêt du parlement du 1er décembre 1380 permit aux boulangers forains de faire et de vendre du pain de telle forme, poids et prix qu'ils voudraient, sans être sujets à aucune visite à cet égard, mais seulement sur la matière et la bonne qualité de ce pain.

Les forains n'apportèrent plus alors que des pains de six livres au moins. Le menu peuple s'en plaignit et demanda qu'il en fut fait de plus petits ; l'ordonnance de Charles VII, du 19 septembre 1439, pourvut à ce soin. Elle porte *que dorénavant les boulangers de Paris feraient* du pain faitis, c'est-à-dire pain bourgeois, du poids, étant cuit et bien essuyé, d'une demi-livre, d'une livre et de deux livres ; que ce poids demeurerait ferme et stable à quelque prix que fût le blé.

Qu'à l'égard du pain blanc ou de Chailli, du poids de six onces, bien cuit, froid et essuyé, il serait vendu au prix du pain bourgeois, du poids d'une demi-livre ; celui de douze onces et celui de vingt-quatre à proportion, et que ce poids ne recevrait non plus aucun changement à quelque prix que fût le blé, le tout à peine de confiscation et d'amende arbitraire.

Que chacun des boulangers aurait à sa fenêtre des balances et poids pour peser le pain, à peine d'amende arbitraire.

Que les cabaretiers seraient tenus de vendre aussi le pain au même poids et suivant le prix qui serait réglé, à peine de confiscation et d'amende.

Ce règlement ne parle que du poids du pain, et renvoie au magistrat pour en régler le prix selon celui du blé. A cet effet, il ordonne que chaque semaine, le samedi, deux des jurés mesureurs apportent au greffe de la police les prix

que le froment, le seigle et l'orge auront été
vendus dans les marchés ou sur les ports de
Paris; que tous les mercredis, le clerc de la
communauté des boulangers soit tenu de venir
au greffe de la police savoir à quel prix le pain
aura été mis et le fasse à l'instant savoir aux
jurés, chez lesquels tous les autres boulangers
devront aussi venir le même mercredi s'informer,
pour se conformer ensuite à ce qui aura été
réglé.

Nous avons rapporté les termes de cette ordonnance, comme étant celle qui établit une corrélation entre le poids et le prix du pain avec celui du blé, et qui, la première, fonda le relevé
des mercuriales des ventes de blé pour arriver
à cette corrélation.

Le parlement y apporta quelque changement
par son arrêt du 16 juillet 1511, que le prévôt
renouvela par ordonnance du 23 novembre
1546, en y ajoutant que le pain porterait la
marque de chaque boulanger ; enfin un nouvel
essai, fait en 1549, fut suivi du grand règlement
fait par Charles IX, le 4 février 1567, et renouvelé par Henri III, le 21 novembre 1577.

Le prix du blé s'étant beaucoup augmenté

depuis le règne de Henri IV, on fut obligé de changer quelques abus au poids du petit pain sans toucher au prix ; ce fut l'objet d'une assemblée au Châtelet et d'une ordonnance de police du 30 mars 1635. L'usage du pain mollet, dit à la reine, n'avait encore été assujetti à aucun poids : l'ordonnance de 1635 avait seulement défendu aux boulangers de l'exposer à leur étalage ; une autre, du 1er juillet 1645, régla *que le pain mollet d'un sou serait toujours d'une once de moins que le pain de chapitre du même prix.*

Quoique les boulangers de gros pain eussent la liberté de vendre leurs pains sans être assujettis à aucuns poids ni prix, ils étaient obligés de dire le véritable poids de leurs pains, lorsque ceux qui l'achetaient désiraient le savoir pour régler leurs offres. Plusieurs boulangers manquaient de sincérité et de bonne foi ; d'autres ne savaient pas précisément eux-mêmes le poids de leurs pains. On s'aperçut de cet inconvénient dans une année de cherté, et le parlement y pourvut par un arrêt du 28 août 1662. Cet arrêt, conservant aux forains leur ancienne liberté, défend également à tous, de la ville, des faubourgs ou forains, *de vendre ni débiter aucun*

*pain, soit dans leurs boutiques ou au marché,
qu'il ne soit marqué d'une marque qui en fasse
connaître le véritable poids, à peine de trente-
deux livres parisis d'amende, et de prison.*
Telle fut la discipline établie alors sur les boulangers, d'autant plus importante qu'ils firent
plus d'efforts pour s'y soustraire. Malgré la sé-
vérité des jugements prononcés contre les pré-
varicateurs, les condamnations aux amendes
ne furent pas d'abord suffisantes; il fallut en
venir aux peines corporelles. Trois boulangers
furent condamnés, par sentence du prévôt de
Paris, *à être fustigés nuds de verges par les
carrefours.* Ils se pourvurent en appel; mais,
ne doutant pas que la sentence ne fût confirmée, ils eurent recours au roi, qui leur accorda
des lettres de rémission, entérinées au parlement le 22 novembre 1491. Mais la Cour leur
enjoignit, par cet arrêt, de faire dorénavant leur
pain conformément aux ordonnances, à peine
d'être punis corporellement. Quatre autres boulangers furent condamnés, par sentence du prévôt de Paris, confirmée par arrêt du parlement du
30 octobre 1521, *à estres menés par des sergens
depuis le Châtelet jusques au Parvis Nostre-*

Dame, nuds testes, tenant chacun un cierge de cire du poids de deux livres, allumé, et là demander pardon à Dieu, au Roy et à la justice des fautes par eux commises en la façon et au poids de leur pain; que ce fait, ils seraient conduits dans l'église, et y offriraient leurs cierges pour y brusler jusqu'à ce qu'ils fussent consumés; avec injonction à tous boulangers de faire leurs pains du poids et de la qualité requise par l'ordonnance, à peine du fouet. D'autres sentences furent encore rendues par le Châtelet et confirmées par arrêts du parlement des 2 juin 1525 et 15 octobre 1544.*

Il n'y avait originairement à Paris qu'un seul marché au pain. Le peu d'étendue de la ville le rendait suffisant. Il se tenait, le samedi de chaque semaine, rue de la Juiverie, près l'ancienne halle au blé. Les marchés se multiplièrent avec les accroissements de la ville, et, sous le règne de saint Louis, les boulangers forains vendaient déjà leur pain sur la place de Grève, aux halles, dans la rue aux Fers et devant le cimetière des Innocents. Le samedi était encore le seul jour de marché. Une clause singulière des statuts sur les marchés au pain donnait aux

boulangers de la banlieue la permission d'exposer en vente, le dimanche, entre le parvis Notre-
Dame et l'église Saint-Christophe, le pain re-
buté la veille *pour être trop dur, ars ou échaudé, trop levé ; pain aliz ou mestourné, c'est-à-
dire trop petit ; pain raté, que les rats auraient
entamé.* Les boulangers de la ville avaient aussi
la liberté de vendre ainsi leurs pains *de bonne
qualité et de poids, à condition de l'y apporter
dans des corbillons ou bachoues, l'y exposer
en vente sur des tables qui n'auraient pas plus
de cinq pieds de long, et d'être sujets à la visite des jurés.*

Une permission qui paraîtrait aujourd'hui si
extraordinaire ne pouvait être fondée que sur
le grand accroissement qu'avait pris la ville
depuis le règne de Philippe-Auguste et le besoin d'y attirer l'abondance, en ôtant aux boulangers forains la crainte d'être obligés de remporter leur pain non vendu le samedi. Cette to-
lérance donna lieu à de grands abus, dont les
boulangers de Paris se plaignirent, et auxquels
il fut pourvu par lettres-patentes de Charles V
du 12 mars 1366, et un règlement de police du
16 avril suivant.

La multiplication du peuple de Paris et la permission donnée aux boulangers forains d'ap porter leur pain et de le vendre aussi le dimanche embarrassant les abords de l'église Notre-Dame, le marché au pain fut transféré à la place Maubert, où il en existait un dès l'an 1371. Ce changement est mentionné dans un arrêt du parlement du 23 juin 1488, et l'on voit par une ordonnance du prévôt de Paris du 23 novembre 1546, que le marché au pain y subsistait encore alors le dimanche, et qu'en ce temps il y avait quatre marchés au pain, savoir : aux halles, au cimetière Saint-Jean, rue Neuve-Notre-Dame et à la place Maubert. Mais une autre ordonnance, rendue au Châtelet le 29 avril 1594, supprima le marché du dimanche et ne laissa que ceux du mercredi et du samedi.

Ces marchés se multiplièrent avec la population ; leur nombre fut porté à quinze, où quinze cent trente-quatre boulangers, dont cinq à six cents de la ville et des faubourgs, les autres de différents endroits, tels que Gonesse, Saint-Germain-en-Laye et Corbeil, apportaient du pain pour la consommation des Parisiens.

On compte dans le département de la Seine environ 780 boulangers (année 1848), dont à Paris 601, répartis dans les douze arrondissements comme suit : 1er, 45 ; 2e, 67 ; 3e, 36 ; 4e, 41 ; 5e, 58 ; 6e, 69 ; 7e, 46 ; 8e, 52 ; 9e, 33 ; 10e, 64 ; 11e, 40 ; 12e, 50.

Ces boulangers forment quatre classes, selon l'importance de la vente de chaque jour. La première classe comprend ceux qui cuisent par jour plus de quatre sacs de farine ; la seconde ceux qui cuisent trois sacs ; la troisième ceux qui cuisent deux sacs, et la quatrième ceux qui cuisent moins de deux sacs.

La ville leur accorde une prime de 11 fr. par sac de farine pesant net 157 kilogrammes, et avec lequel il leur est interdit d'obtenir un rendement au delà de 204 kilogrammes.

Un boulanger de première classe gagne donc 44 fr. par jour, sauf déduction de ses frais, plus le bénéfice arbitraire des pains de fantaisie.

La valeur d'un fonds de boulanger est calculée, selon l'usage, à raison de 15,000 fr. le sac employé par jour, ce qui porterait un fonds de première classe à 60,000 fr. portant intérêt à 5 pour 100.

Chaque boulangerie doit à la ville un approvisionnement de cinquante à cent trente sacs, qui donnent un total, pour les quatre classes, de soixante-dix-sept mille cent quatre-vingt-dix sacs, ou 12,118,830 kilogrammes, qui suffiraient à la consommation de Paris pendant environ vingt-cinq jours, chaque individu consommant cent soixante-onze kilogrammes de pain par an.

Chaque fois que le prix de la farine augmente de 1 fr. 30 centimes par quintal métrique, le prix du pain subit une augmentation d'un centime par kilogramme.

Les ordonnances de police règlent le commerce de la boulangerie ainsi qu'il suit :

16 brumaire an x (7 novembre 1801), ordonnance concernant le commerce de la boulangerie.

23 ventôse an xi (14 mars 1803), ord. concernant les garçons boulangers.

25 prairial an xii (14 juin 1804), ord. concernant le commerce de la boulangerie dans les communes rurales du ressort de la Préfecture de Police.

10 mars 1808, ord. concernant la fabrication du pain au poids métrique.

16 décembre 1816, ord. concernant les visites à faire chez les boulangers.

1er mai 1817, ord. portant défense de faire sortir du pain de Paris.

9 juin 1817, ord. concernant la boulangerie de Paris.

21 novembre 1818, arrêté concernant des mesures pour assurer l'exécution de l'ordonnance du roi, en date du 21 octobre 1818, concernant la boulangerie.

13 avril 1819, ord. concernant les garçons boulangers.

24 juin 1823, ord. concernant la taxe périodique du pain à Paris.

8 avril 1824, ord. concern. la marque du pain.

27 mai 1827, arrêté concernant les garçons boulangers.

20 mai 1837, arrêté relatif à l'exécution de l'ordonnance royale du 16 juillet 1836.

29 août 1842, arrêté portant que les boulangers de Paris verseront au grenier d'abondance les trois cinquièmes de leur approvisionnement particulier en farines, approuvé, le 3 octobre 1842, par le ministre de l'agriculture et du commerce, etc., etc.

IV.

LES PATISSIERS ET LES MARCHANDS DE PAIN D'ÉPICES.

On comprend en général, sous le nom de pâtisseries, pour les distinguer de la boulangerie, toutes les pâtes cuites au four où il entre divers assaisonnements, tels que beurre, graisses, huile, sucre, etc. Les pâtés chauds et tourtes d'entrée, les pâtés froids, les gâteaux, sont des pâtisseries. Il y en a de sucrées qui se servent en entremets ; d'autres sèches ou croquantes, qu'on mange au dessert ou dans les soirées : tels sont aussi les gauffres et les échaudés.

L'art du pâtissier n'est qu'une extension et un perfectionnement de celui du boulanger. Dès qu'on sut faire le pain, on voulut bientôt y ajouter du beurre, des œufs, du miel et autres assaisonnements ; on y mêla de la crême, des légumes et des fruits ; on y enferma de la viande au moyen d'un couvercle de pâte.

Les pâtisseries grasses semblent être les plus

anciennes, quoiqu'elles ne soient mentionnées nulle part chez les Grecs et chez les Latins; on pourrait presque les croire d'invention nationale. Du moins le goût en fut-il dès longtemps si étendu, qu'on en trouve des exemples jusque chez les moines, dont les vassaux étaient assujettis à leur fournir, tous les ans, à diverses époques, un certain nombre de pâtés. On voit, dans une constitution donnée par saint Anségise, abbé de Fontenelle, au commencement du IXᵉ siècle, que les villages et fermes relevant de l'abbaye seraient tenus de lui donner habituellement 38 pâtés d'oies et 95 de poulets, à la Nativeté et autant à Pâques. (Les volatiles étaient alors réputées maigres, et le concile d'Aix-la-Chapelle, en 817, qui défendit leur usage habituel, permit d'en manger pendant quatre jours à Pâques et à Noël). Le monastère de Saint-Riquier, dans un état de ses biens et revenus au même siècle, fait mention de douze fours banaux qui rapportaient, entre autres choses, trois cents flans chacun par an.

Quelquefois, au lieu d'exiger des vassaux la pâtisserie en nature, on prenait seulement les matières qui devaient la composer. Une charte

de Charles-le-Chauve, de l'an 862, en faveur
de l'abbaye de Saint-Denis, obligea certaines
fermes à fournir annuellement à cette abbaye
cinq *modius* de froment, onze cents œufs et
seize *modius* de miel ; stipulant expressément
que c'était pour la pâtisserie que le monastère,
ferait à certains jours de l'année.

Un des plaisirs ordinaires des veillées, à quelques époques de l'année, fut, et est encore, d'y
manger de la pâtisserie ; et les raffraîchisse-
ments que l'on sert dans nos soirées ne sont
qu'une suite de cet ancien usage de nos aïeux.

A Paris, les cabaretiers qui donnaient à manger chez eux fournissaient ordinairement la pâtisserie. Saint Louis, en 1270, donna des statuts
à cette sorte de pâtissiers, en leur permettant,
par exception, de travailler tous les jours de
l'année, excepté le dimanche, tandis qu'il avait
interdit le travail aux boulangers pendant les
trente fêtes où il l'avait laissé libre aux pâtissiers.

Ceux-ci ne formèrent cependant une communauté particulière qu'en 1576. Leur enseigne
était alors une lanterne qu'ils allumaient le soir
pour éclairer leur boutique ; cette lanterne était

fermée, transparente, et ornée, sur toute sa cir-
conférence, de figures grotesques et bizarres.
Ces figures les avaient fait nommer *lanternes
vives*. Elles avaient, dans l'origine, orné la
scène où se représentaient *les Mystères, les
Farces et Solties*, d'où naquit notre théâtre;
les pâtissiers s'en emparèrent lorsqu'elles en
furent exclues. Elles sont ainsi rappelées par
Régnier, dans sa satyre XIᵉ, qui, pour peindre
une vieille femme burlesque, dit qu'elle

Ressemblait, transparente, une lanterne vive
Dont quelque pâtissier amuse les enfans;
Où des oisons bridés, guenuches, éléfans,
Chiens, chats, lièvres, renards et mainte étrange bête
Courent l'une après l'autre......

Pendant longtemps, les pâtissiers ne firent
que des pâtés et des tourtes à la viande. Les
mères de famille continuèrent à fabriquer elles-
mêmes les autres pâtisseries : c'était un talent
qui faisait partie de l'éducation des jeunes de-
moiselles, et il n'est pas rare encore d'en rencontrer d'habiles dans cet art gastronomique.

Des diverses sortes de pâtés en usage autrefois, ceux de viandes froides ont seuls conservé

leur faveur auprès de nous. Tout le monde connaît les pâtés de Pithiviers, Périgueux aux truffes, Amiens, Strasbourg et Toulouse, pour les foies gras ; ceux de jambon, inventés par un pâtissier de Paris, nommé Jaquet. On faisait encore à Paris une sorte de pâtés, dits *pâtés de requête*, avec des abattis de pigeons tellement poivrés, que le peuple seul en pouvait manger.

Anciennement, les petits pâtés ordinaires se faisaient avec du bœuf haché et des raisins secs. On y employa ensuite du veau et un grain de verjus dans la saison.

A Paris ils se portaient et se criaient dans les rues ; le chancelier L'Hôpital en défendit la vente comme favorisant la gourmandise et la paresse. Que dirait aujourd'hui ce grand homme s'il voyait nos élégants et nos belles dames s'installer chez les pâtissiers pour les manger sortant du four ?

A la Faculté de médecine, chaque licencié qui prenait le bonnet de docteur donnait aux anciens un déjeuner consistant tout en petits pâtés ; lequel fut changé depuis en une redevance de dix sous pour chaque docteur assistant à l'acte de réception. Cet acte en conserva son nom de *Pastillaria* qu'il porta longtemps après.

Au XIIIe siècle, les rissoles étaient encore une sorte de galette faites de farine et de graisse ou beurre; plus tard on y mit de la viande, comme il se voit dans les statuts donnés aux pâtissiers, en 1440 et 1566. On en faisait aussi de maigres, et la duchesse Montpensier dit dans ses mémoires : *Le roi faisait colation; la reine lui envoya demander des rissoles et moi aussi.*

Les tourtes prirent leur nom de *Torta*, qui, en basse latinité, voulait dire miche, grosse ronde à l'usage des gens du peuple ; les pâtés conservèrent ce nom à cause de leur forme ronde. Dans le XVe siècle on fit plusieurs distinctions : toute pâtisserie froide renfermant de la chair ou du poisson prit le nom de pâté; on donna celui de *Tarte* au gâteau contenant du laitage, des fruits, des herbes et des confitures ; on y mettait des champies, des fraises, des abricots, des prunes, etc. On les faisait par compartiments de diverses couleurs, jaunes, vertes, blanches, rouges, avec des dessins agréables à l'œil. On connaissait déjà le massepain, fait de moitié d'amandes pilées et de moitié de sucre, glacé de sucre et de blanc d'œuf.

De tous les genres de pâtisseries, l'une des plus en usage, parce qu'elle était plus aisée à faire et la moins coûtante, fut le *gâteau feuillé*, c'est-à-dire *feuilleté*, dont il est parlé dans une charte de Robert, évêque d'Amiens, de l'an 1311; Elle était composée de farine ou de beurre, auxquels on ajoutait parfois quelques œufs. Quoique moins délicate que les autres, destinées aux fêtes et réjouissances, celle-ci était plus spécialement consacrée à la petite agape de la veille des rois. C'était dans ce gâteau qu'on enfermait la fève à laquelle était attachée la souveraineté du festin. Point de famille en France où l'on ne mangea un gâteau ce jour-là : point de famille où les pères, les gendres, les mères et les enfants ne se réunissent pour célébrer ensemble cette amicale et bruyante solennité.

D'abord, chaque famille fit cuire son gâteau des rois; puis celles qui perdirent l'usage de faire cuire leur pain, achetèrent le gâteau chez leur boulanger; plus tard, les pâtissiers s'avisèrent de réclamer contre cette coutume : ils intentèrent un procès aux boulangers; et le parlement, sur leur requête, rendit en 1713 et en 1717, deux arrêts qui firent défense à ces derniers d'employer le beurre et les œufs dans leur pâte et de faire aucune sorte de pâtisserie. Cette défense eut peu d'effet, même dans la capitale; on en est bien loin aujourd'hui, que tous les boulangers vendent la menue pâtisserie sucrée et ne s'abstiennent que de celle où la viande entre comme principal ingrédient.

Quant à l'usage de tirer le gâteau des rois, il s'observait même à la table des rois. Madame de Motteville rapporte qu'en 1648 : *ce soir,* dit-elle, *pour divertir le roi, la reine nous fit l'honneur de nous faire apporter un gâteau à madame de Bretigny, à ma sœur et à moi, que nous séparâmes avec elle. Nous bûmes à sa santé avec de l'hippocras qu'elle nous fit apporter.*

Anne d'Autriche, qui était dévote, faisait en cette circonstance observer une coutume usitée dans quelques familles bourgeoises pieuses, de couper, pour l'enfant Jésus et pour la Vierge, une part qu'on distribuait ensuite aux pauvres. En 1649, dit encore madame de Motteville, *la reine, pour divertir le roi, voulut séparer un gâteau, et nous fit l'honneur de nous y faire prendre part avec le roi et elle. Nous la fîmes*

reine de la fève, parce que la fève s'était trou-
vée dans la part de la Vierge. Elle commanda
qu'on nous apportât une bouteille d'hippocras,
dont nous bûmes devant elle ; et nous la forçâ-
mes d'en boire un peu. Nous voulûmes satisfaire
aux obligations des extravagantes folies de ce
jour ; et nous criâmes : LA REINE BOIT.

Louis XIV aimait beaucoup ce divertissement,
mais y maintint toujours la décence et la dignité
dont il ne manqua jamais d'entourer ses actions
publiques. Le *Mercure galant* de l'année 1684
rapporte ainsi la fête d'un gâteau des rois cé-
lébrée par ce monarque :

« La salle avait cinq tables : une pour les princes et seigneurs, et quatre pour les dames. La
première de celles-ci était tenue par le roi ; la
seconde par le dauphin. On tira la fève à toutes
les cinq. A la table des hommes, elle tomba au
grand écuyer, qui fut roi : aux quatre tables des
femmes, la reine fut une dame. Alors le nouveau roi et les reines nouvelles, chacune dans
leur petit état, se choisirent des ministres, et
nommèrent des ambassadrices ou des ambas-
sadeurs pour aller féliciter les puissances voisines, et leur proposer des alliances et des trai-

tés. Louis XIV accompagna l'ambassadrice députée par la reine. Il porta la parole pour elle ; et, après un compliment gracieux au grand-écuyer, il lui demanda sa protection, que celui-ci lui promit, en ajoutant que, s'il n'avait point une fortune faite, il méritait qu'on la lui fît. La députation se rendit ensuite aux autres tables ; et successivement les députés de celles-ci vinrent de même à celle de Sa Majesté. Quelques-uns même d'entre eux, hommes et femmes, mirent dans leurs discours et dans leurs propositions d'alliance, tant de finesse et d'esprit, des allusions si heureuses, des plaisanteries si adroites, que ce fut pour l'assemblée un véritable divertissement. Le roi s'en amusa tellement, qu'il voulut le recommencer la semaine suivante.

« Cette fois, ce fut à lui qu'échut la fève du gâteau de sa table, et par lui en conséquence que commencèrent les compliments de félicitation. Il les reçut avec cette noblesse affable qui lui était propre. Une princesse, l'une de ses filles naturelles, connue dans l'histoire de ce temps-là par quelques étourderies, ayant envoyé lui demander sa protection pour tous les événements fâcheux qui pourraient lui arriver pendant sa vie : *Je la lui promets*, répondit-il, *pourvu qu'elle ne se les attire pas*; réponse qui fit dire à un courtisan que ce roi-là ne parlait pas en roi de la fève. A la table des hommes, on fit un personnage de carnaval, qu'on promena par la salle en chantant un chanson burlesque. Enfin la fête se termina par la lecture d'un factum bizarre que venait de publier certain seigneur de village, homme scrupuleux et dévot, qui se plaignait de l'immodestie de ses paysannes, et qui leur avait intenté un procès parce qu'elles portaient des manches si courtes qu'on voyait leurs bras. Ce mémoire fit beaucoup rire, et il excita parmi les convives une joie qui dura toute la soirée. »

Bien que pour le temps où nous écrivons, nous nous soyons déjà beaucoup étendu sur l'antique gâteau des rois, nous ne résisterons pas au désir de parler encore de celui qui fut tiré par le roi Louis XV, en compagnie des trois derniers rois, ses petits-fils, qui ont régné après lui, et où la fève, coupée en trois morceaux, fut annonce prophétique du règne successif des rois frères; où la partie supérieure, séparée la première, prédit le martyre du jeune duc de Berry, Louis XVI, et où celle inférieure, brisée, fut le symbole de la monarchie brisée au règne du dernier des trois, le roi Charles **X**, comte d'Artois. Le roi Louis XV avait senti son trône *craquer* de vestuté; il voyait dans cette fève *coupée*, *brisée*, un mauvais présage pour ses petits-fils. Les événements n'ont que trop bien justifié ses prévisions (Voir *Almanach prophétique* 1849).

Au XVIe siècle on connaissait à Paris plusieurs sortes de gâteaux appelés gâteaux baveux, gâteaux feuilletés, jolis, joyeux, gâteaux Italiens. Au XVIIe, selon Gontier, ceux d'amandes, les gâteaux mollets, fraisés, vérolés, les gâteaux de Milan que l'on mange encore aujourd'hui. On voit dans nos poëtes du XIIIe siècle que, dès ce temps, on vendait dans les rues de Paris des *galettes chaudes* et que c'était un des cris usités dans la capitale. Le pain d'épices de Paris était aussi fort renommé et faisait concurrence avec celui de Reims. Il n'entrait que du miel et de la farine dans cette pâtisserie.

Nous ne relaterons pas la multitude des pâtisseries que connurent nos pères et dont la plupart sont encore en usage aujourd'hui. Nous en citerons seulement quelques-unes, plus particulières à l'ancien Paris, où, selon Liebaut, les massepains, composés d'avelines, d'amandes, de pistaches, de pignons et de sucre rosat, devaient être une pâtisserie chère et réservée à la table des grands. L'Etoile rapporte que dans une *collation magnifique à trois services*, donnée à Paris en 1596, *les confitures seiches et massepans y estoient si peu espargnez que les dames et damoiselles estoient contraintes de s'en décharger sur les pages et les laquais auxquels on les baillait tous entiers.*

Il se faisait alors à Paris une sorte de pâtisserie composée de fromage et qui était fort estimée: on la dorait avec des jaunes d'œufs, puis on la saupoudrait de sucre. Délaissée depuis, elle s'est conservée à Saint-Denis, où les pâtissiers l'offrent aux voyageurs qui passent par leur ville.

Une ancienne ordonnance du prévôt de Paris parle de *ratons et de casse museaux*, comme compris dans les objets dont la vente était permise aux pâtissiers. Le casse museau était dur et croquant; le raton devait son nom à sa forme de *petit rat* ; il était fort estimé, ainsi que les *petits choux*, termes dont on se servait dans les caresses familières. Le nom de raton est resté dans les campagnes environnant la capitale aux crêpes que l'on fait au carnaval.

Les échaudés furent ainsi nommés, parce que, pour les faire lever, on les jette dans l'*eau chaude*. Une charte de l'église cathédrale de Paris, de l'an 1202, en parle en ces termes : *Panes qui dicuntur eschaudati*. Ces échaudés étaient beaucoup plus gros que les nôtres, puisque la veuve Enceline ayant renoncé, en 1231, à un droit de chair et de poisson sur le monastère de St-Denis, les religieux, en retour, lui accordèrent celui de prendre dans leur boulangerie, tous les jours de fête, une miche de pain et un échaudé ; *unam michiam in pistrino suo, et unum eschaudetum in festis*. Saint Louis, qui avait interdit tout travail aux boulangers les jours de dimanche et de fête, leur avait permis cependant de cuire, ces jours-là, des échaudés pour les pauvres.

Au temps de Liebaut, les échaudés n'étaient composés que de beurre et de sel ; ce ne fut que plus tard qu'on y fit entrer des jaunes d'œufs.

Les gauffres étaient connues bien avant le

XIIIe siècle. On en trouve le nom dans les poëtes manuscrits de ces temps-là. On les mangeait aux jours de fêtes, et les marchands de gauffres s'établissaient aux portes des églises avec tout ce qui était nécessaire pour les faire et pour les cuire. Ils les vendaient toutes chaudes. Charles IX, en 1566, leur défendit d'étaler les jours de Pâques, de Noël, de l'Assomption, de la Purification, de la Toussaint, de Saint-Michel et de la Fête-Dieu, et comme souvent plusieurs d'entr'eux se plaçaient à la fois dans le même endroit, ce qui occasionnait des querelles et des batteries, il régla qu'ils seraient obligés d'être distants l'un de l'autre, pour le moins de deux toises. Ce règlement n'était que le renouvellement de celui fait 160 ans auparavant par Charles VI.

Champier, écrivain du XVIe siècle, dit des gauffres : qu'elles « sont un ragoût fort prisé de « nos paysans. Pour eux, au reste, il ne consiste « qu'en une pâte liquide formée de farine et de « sel. Ils la versent dans un fer creux, à deux « mâchoires, qu'ils ont froté auparavant avec un « peu d'huile de noix, et qu'ils mettent ensuite « sur le feu pour cuire la pâte ; ces sortes de

« gauffres sont très-épaisses. Celles que font
« faire chez eux, les gens riches, sont plus
« petites, plus minces et surtout plus délicates,
« étant composées de jaunes d'œufs, de sucre
« et de fine fleur de farine délayés dans du
« vin blanc. On les sert à table comme entre-
« mets. Quant à leur forme, on leur donne
« celle de rayons. Au reste, François Ier les
« aimait beaucoup, et il avait même, pour cet
« usage, des gauffriers d'argent. »

Entre plusieurs pâtisseries dont parle Gou-
lier, qui écrivait en 1688 et qu'on ne connaît
plus aujourd'hui, se trouvait les crêpes qui font
encore, dans les jours gras, la joie de bien des
familles parisiennes.

Une autre pâtisserie qui eut autrefois une grande
faveur à Paris fut celle appelée les *Oublies*, dont
on peut dire, comme du célèbre jeu d'oie, qu'elle
était renouvelée des Grecs ; on la mange encore
aujourd'hui dans les soirées et les jardins publics.

Les Grecs, selon Athénée, donnaient le nom
d'*Obelias* à certains pains, cuits entre deux
fers, et qu'ils mangeaient chauds. Telle fut
vraisemblablement l'origine de la dénomina-

tion d'*oublies*, d'*oblies*, d'*oblées*, par laquelle
on désigna une feuille mince de pâtisserie, qui
se cuisait et se mangeait comme le pain obélias
des Grecs. Elle se faisait chez les pâtissiers,
qui en prirent même le titre d'*Oublayeurs*, titre
qu'on leur conserva, lorsqu'en 1270 on leur
donna des statuts. Comme alors la coutume générale était de souper de très-bonne heure, les
oublieux, vers le soir, se répandaient par les
rues, chargés de diverses marchandises qui
composaient leur commerce, et les annonçaient
à hauts cris, afin d'avertir de leur passage les
personnes qui voulaient s'en régaler à souper.
Un de nos poëtes du XIII⁰ siècle compte parmi
les plaisirs de la soirée celui d'appeler l'oublieux.
Quant aux sortes de pâtisseries que criaient et
colportaient ces coureurs, on en trouve la liste
dans une pièce du même temps, intitulée : *Cris
de Paris*. La voici : « Oublies chaudes, gal-
« lettes chaudes, tartres chaudes, rissolles,
« échaudés, flans chauds, gâteaux aux fèves,
« pains siméniaux. »

Bientôt les oublieux renoncèrent au débit de
ces différentes denrées, et conservèrent seulement celui des oublies, continuant de courir

comme auparavant. Cependant l'heure du souper, qui d'abord était à cinq ou six heures, ayant peu à peu reculé, ils prirent aussi l'habitude de marcher plus tard dans la nuit : et de là vint le nom d'*oublieux*, qu'on donna par plaisanterie, vers le commencement de la Fronde, aux grands seigneurs et aux intrigants qui, mécontents du gouvernement de Mazarin, parcouraient, la nuit, en cachette, les différents quartiers de Paris, pour former des ennemis au ministre.

Les oublieux subsistaient encore quand Cartouche forma cette troupe d'assassins qui, pendant un temps, remplit Paris de meurtres. Quelques-uns de ces scélérats s'étant déguisés en marchands d'oublies pour commettre plus facilement leurs crimes, la police défendit aux oublieux les courses nocturnes. Ce règlement en diminua beaucoup le nombre. Ceux d'entre eux qui continuèrent leur métier vendirent de jour, parcourant les quartiers et les promenades que fréquentait le peuple, mais ils sont devenus, depuis, moins nombreux encore et furent remplacés par des femmes qui vendent une pâtisserie de même nature, ouverte en forme de cornet, mais beaucoup plus grande, qu'elles nommè-

rent *plaisirs des dames*, et qu'elles crient encore aujourd'hui.

Le nom d'*oublies* se donnait aussi autrefois
aux hosties qui sont employées à la messe; ap-
paremment parce que celles-ci se font de la
même manière. La Chronique de Geoffroi,
prieur du Vigeois, dit à leur sujet : *Eulogias
quas vocamus oblias, seu hostias*.

Dans quelques églises, et à certains jours de
l'année, on distribuait des oublies en présent
aux clercs et aux chanoines. Dans les couvents,
on en servait aux moines au réfectoire : celles-
ci étaient une sorte de pain délié ou de gâteau.
Souvent les seigneurs laïcs en exigeaient de
leurs vassaux à titre de redevance. D'anciennes
chartes appellent cette redevance *droit d'ou-
bliage* ou *d'oublies*, et le tribut qui en était l'objet, pain-oubliau.

On ignore quelle était une autre sorte de pâtisserie, appelée Estérets et supplications, vraisemblablement du genre des oublies, puisque les
statuts donnés aux oublieux, en 1406, portent
que personne ne pourra exercer ce métier à Paris, s'il ne sait faire par jour *cinq cents de*

grandes oublies, trois cents de supplications,
et deux cents d'Estérets.

Il semblerait, d'après un passage des *An-*
ciennes Coutumes de Cluni, que le nom de
nieules était aussi donné aux oublies On y lit :
Ab hominibus romanæ linguæ, nebulæ, à nos-
tratibus appellantur oblatæ. Ces deux sortes de
pâtisseries sont cependant formellement distin-
guées dans la *Devise des Lécheurs* (des gour-
mands), dans le roman de *Florès et de Blanche*
Fleur, et dans plusieurs autres pièces manu-
scrites des xiie et xiiie siècles.

Quoi qu'il en soit, les nieules eurent cela de
remarquable, qu'elles furent employées, non-
seulement dans les repas et les festins, comme
les autres pâtisseries, mais plus particulièrement encore dans certaines cérémonies ecclésiastiques, où elles prenaient un caractère sym-
bolique et même un peu superstitieux, selon
l'usage de ce temps.

Le jour de la Pentecôte, lorsqu'on entonnait
le *Veni Creator* pour la messe, des gens, placés
à la voûte de l'église, faisaient descendre sur le
peuple des étoupes enflammées, et jetaient en
même temps des feuilles de chêne et des nieules.

Au *Gloria in excelsis,* on lançait dans l'église des oiseaux qui avaient aussi des nieules attachées aux pattes. Cette superstition, en usage dans beaucoup de cathédrales du royaume, fut abolie successivement, mais subsistait encore, en 1715, dans quelques églises de Flandre.

A Paris, les marchands de nieules pratiquaient une autre cérémonie aussi bizarre : le jour de saint Michel, patron de leur confrérie, ils faisaient par la ville une sorte de procession, habillés, les uns en anges, pour représenter leur patron et sa troupe, les autres en diables. Ceux-ci avaient des tambours, et étaient suivis par des prêtres qui portaient des pains bénits. « Cette procession, dit l'abbé Lebœuf, dans son *Histoire du diocèse de Paris,* fut supprimée en 1636 par une ordonnance de l'archevêque. »

Notre langue, si décente aujourd'hui, ne l'était guère il y a quelques siècles ; et ce qu'on aura plus de peine à croire encore, c'est qu'il fut un temps en France, où l'on a donné aux mêmes pâtisseries de table les formes les plus obscènes et les noms les plus infâmes. Pendant plus de deux siècles la décence et les mœurs durent en être révoltées. Les noms et les dessins obscènes adoptés pour les menues pâtisseries du XVᵉ siècle sont rapportés dans un ouvrage de Taillevent intitulé : *cy-après s'ensuyt le viandier pour appareiller toutes manière de viandes que Taillevent queulx du roy notre Sire fit tant pour abiller et appeiller boully rousty, poissons de mer et d'eaue doulce : Saulces espices et autres choses à ce conuenables et nécessaires come en après sera dit* : imprimé à Paris, petit in-4º.

Cet ouvrage se trouve à la bibliothèque de l'Arsenal ; il est très-rare et très-curieux : l'exemplaire que possédait M. Huzard père a été vendu quatre-vingt-un francs, tandis que celui de 1490 qui a été vendu en 1792 à la vente de M. de Brienne-Laire n'a été payé que douze francs ; ce qui prouve que l'on n'en connaissait pas la rareté bibliographique. Nous ne rapporterons pas les noms donnés par Taillevent : les curieux les trouveront dans son ouvrage précité.

Il y a eu, dès les temps les plus reculés, différentes sortes de pâtissiers, et parmi eux, les uns, dit Athénée, furent appellés pâtissiers *oublaïers*, du mot *obalias*, tiré d'une espèce de pain qui se faisait dans l'ancienne Grèce entre deux fers chaud sur le feu et que l'on payait une obole : c'est ce que nous appellons aujourd'hui oublies ou gauffres. Les autres, dont parle Linée de Samos, faisaient un pain assaisonné de miel d'un goût si agréable, qu'il donnait, dit-il, de l'appétit et contraignait d'en manger même après un grand repas, et qu'il était meilleur que le pain d'Athènes, le meilleur de toute la Grèce. Celui-ci est notre pain d'épices. L'une et l'autre de ces deux sortes de pâtissiers sont encore en usage parmi nous.

Les premiers statuts des pâtissiers oublieux leur furent donnés en mai 1270 et furent renouvelés en août 1406.

PARIS. — IMPRIMERIE DE J. B. GROS

RUE DES NOYERS, 74

www.ingramcontent.com/pod-product-compliance
Lightning Source LLC
Chambersburg PA
CBHW060844250626
47162CB00005B/2161